バスルームで会いましょう！

天野かづき

13857

角川ルビー文庫

JN266538

目次

口絵・本文イラスト／こうじま奈月

バスルームで会いましょう！

◇

「くれぐれも失礼のないように」

「――はい」

何度も繰《く》り返されたフレーズにもう一度頷《うなず》いて、俺――春名《はるな》陸《りく》はガラスドアの向こうを見つめる。

緊張《きんちょう》に咽喉《のど》がからからに渇《かわ》いていて、できることなら水の一杯《いっぱい》でも飲みたいくらいだった。

……大体無理があるんだよ。フロント勤務の俺にバトラーなんて。

「………っ」

ため息をこらえて、俺は慣れない燕尾《えんび》服《ふく》の襟元《えりもと》をもう一度整える。

俺の働くここ、ホテル・ロイヤル・フォンティーヌにはバトラーサービス、というサービスがある。

バトラーっていうのは日本語で言えば『執事《しつじ》』のこと。家の中のこと一切《いっさい》を取り仕切り、主人の仕事を助け、ときには意見する……というのが業務内容。まぁさすがにホテルではそこまでしないけど。

ホテルのバトラー業務は、メイドに近い。簡単に説明するなら、バトラーはお客様一人について専任で身の回りのお世話を行うことで、よりいっそう快適な時間を供するためにいる――と言えばいいのかな。

もちろん本来ならばバトラー専任のスタッフがいるから、フロントの俺が手を出すような仕事じゃない。

なのに、突然《とつぜん》VIPのバトラーをしろなんて言われても本当に困る。

もちろん予約が入ったのは一ヶ月も前で、それからできるだけの指導は受けてきたけど……。

今回は特に、出迎《でむか》えに総支配人から宿泊《しゅくはく》支配人、四人いるアシスタントマネージャーからコンシェルジュまで、総出で出迎えなければいけないようなVIPが相手なのだから、バトラーサービスはキャプテンでもあるコンシェルジュの浅川《あさかわ》さんが担当するのが普通《ふつう》なのだ。

マネジメントの頂点を支配人とするなら、コンシェルジュは現場の頂点といっても過言じゃないから憧《あこが》れる気持ちはあるし、バトラーの仕事もしてみたいと思ってはいたけれど、いきなりこんなVIP相手なんて……。

俺はこぼれそうになった盛大《せいだい》なため息をぐっとこらえた。

なんでこんなことになっちゃったんだろ……？

思わず遠い目になってしまう。

五年前、ホテルに入社したばっかりでドアマンをしていた俺に、突然子守《こもり》の仕事が入ってきたときもびっくりしたけれど。あのときは俺も本当にぺーぺーで、ことの重大さがわかってなかったから、こんなに緊張したりはしなかった。

とはいえ、そもそも俺が今こんな状況《じょうきょう》に追い込まれているのも、その五年前のことが原因なんだよな。

実は――今日やってくるVIPというのが、そのときに子守をした少年なのである。あのときは十二歳だったから、今はもう十七歳になっているはずだ。

でも、たかが十七歳の子どもと思っちゃいけない。相手は巨大《きょだい》IT関連企業《きぎょう》SOMAのお坊《ぼっ》ちゃんなのだ。

現在の代表取締役《とりしまりやく》の次男で、名前は相馬《そうま》隆臣《たかおみ》。浅川さんに聞いた話だと、五年前このホテルに泊《と》まった直後くらいからアメリカに留学していたのだと言う。

今回どんな目的で帰国したのかはわからないけど、SOMAがホテルにとっては決して逃《のが》すことのできない重要顧客《こきゃく》なことは確かだ。

ホテルっていうのは宿泊施設《しせつ》や、結婚《けっこん》式場としての役割はもちろんだけど、ときにはパーティ会場や、会議室としても企業に場を提供する。そういったことで得られる収入の大きさはもちろんだけど、それ以上にホテルの評価アップに繋《つな》がったりするから侮《あなど》れない。だから、個人のお客様を大切にするのはもちろんだけど、大企業との付き合いはそれ以上に重要になってくる。

なので当然そのお坊ちゃんには、なにがなんでも満足して帰ってもらわなければならない。

「…………」

なのになんで俺が……。

どうもそのお坊ちゃんの指名らしいけど、五年前は俺、結構いろいろと失礼なこと言ったりしたりしちゃってた気がするし、ひょっとして嫌《いや》がらせ？　なんて、考えれば考えるほど嫌なほうへ想像が転がっていってしまう。

あーあ……本当に気が重いよ……。

再び俺がため息を飲み込んだときだった。

「そう硬《かた》くなるな」

隣《となり》で囁《ささや》くように言ってくれた声に、はっとして顔を上げる。コンシェルジュの浅川さんだった。

「大丈夫《だいじょうぶ》。いつものお客様と一緒《いっしょ》だよ。丁寧《ていねい》に、心を込《こ》めて接客すればいい」

「浅川さん……」

その笑顔《えがお》に励《はげ》まされて、俺はこくりと頷く。

そうだよな。相手がＶＩＰだろうが、ＶＩＰでなかろうが、俺がすることは一緒なんだ。とにかくお客様のことを考えて、誠心誠意お世話するだけ。

「それに、何か困ったことや迷うことがあったら、すぐに相談してくれて構わないから」

「っ……ありがとうございます」

そっと肩《かた》に触《ふ》れられて、俺は思わず息を飲む。

だって俺にとって浅川さんは、尊敬する上司であると同時に、密《ひそ》かに憧れている相手でもあるのだ。こんな風に励まされて嬉《うれ》しくないわけがない。

浅川さんはまだ若いのに、浅川さんがいるからという理由でホテルを決めるお客様がいるくらい優秀《ゆうしゅう》なコンシェルジュなんだ。その上、外見だって凄《すご》く綺麗《きれい》でかっこいいのに、鼻にかけるようなところも少しもない。

それに、仕事には厳しいけど本当はとても優《やさ》しくて、入社直後に突然、子守を押し付けられて困惑《こんわく》した俺の相談にも、本当に親身になって乗ってくれた。その後も、部署が違《ちが》うのにいろいろと気にかけてもらったし……。

俺がコンシェルジュに憧れるようになったのも、浅川さんの影響《えいきょう》が大きかった。

いい人だな、と思っていたのが、こんな風になりたいなっていう憧れになって……でも、最近はまたちょっと違う。ひょっとしたら、俺はこの人のことを好きなんじゃないか、って思ったりもしている……。

だって、今まで男を好きになったことは一度もないし、学生時代は彼女だっていたけど、こんな風にずっと一人の人のことを考えてしまうのってやっぱり普通じゃないと思うんだ。

いつの間に好きになったのかはわからないし、戸惑《とまど》う気持ちもあるけど……。

まぁ、きちんと答えを出したところで報《むく》われるような想《おも》いじゃないことだけはわかるから、はっきりさせなくてもいいかなというのが正直なところだ。

それに浅川さんにわざわざ告白なんかして、気まずい思いをしたくない。後輩《こうはい》としてなら凄くよくしてもらっているし、今回だって準備期間中物凄く気にかけてもらったんだ。これ以上望んだら、贅沢《ぜいたく》ってもんだと思う。

今の俺がしなきゃならないことは、せめて浅川さんに認めてもらえるようになるために頑張《がんば》ることだけだ。

――そうだよな。俺がなんか変な失敗したら、指導してくれた浅川さんにも迷惑《めいわく》がかかるんだから……頑張らないといけないんだよな。

「――きたぞ」

誰《だれ》かが漏《も》らした呟《つぶや》きが耳に届いて、俺は浅川さんに向けていた視線をもう一度前へと戻《もど》す。

心臓がどきどきして、思わずぎゅっと手のひらを握《にぎ》りこんだ。車寄せに停《と》まったロールスロイスのドアを、ドアマンが開けるのを固唾《かたず》を飲んで見守る。

そして――――。

「っ……!?」

降りてきた人物に、俺は目を瞠《みは》った。

なんだ……この人……。

多分百八十近いと思われる長身に、嘘《うそ》みたいに整った顔。外国の血でも入ってるとか？　いや、でも貰《もら》ったプロフィールにはそんなこと書かれてなかったよな？

とにかく、なんかこう——妙《みょう》にキラキラして見える。物理的にじゃなくて心情的に。これがオーラっていうやつなのかな？

ホテルで働いているっていう立場上、著名人を目にする機会も多いけど、こんな風に見えた人は初めてだった。

いや、それ以前に、本当にこの人が相馬隆臣なのか？　軽く前髪《まえがみ》を掻《か》き上げる仕種《しぐさ》なんかは特に、十七歳の高校生にはとてもじゃないけど見えない。実は人違いで、ご長男のほうがきたとか？　確かそっちは二十歳《はたち》をいくつか越《こ》えているはずだから、もしかしたら……。

「春名」

目を離《はな》すこともできないまま、そんなことを考えていた俺は浅川さんに名前を呼ばれてはっと我に返った。

「ご案内を」

「は、はい。失礼いたしました」

いつの間にか挨拶《あいさつ》も済んでいたらしい。自分がちゃんと頭を下げたのか自信がなくて、俺は一瞬《いっしゅん》パニックに陥《おちい》った。

「…いらっしゃいませ」

なんとかそう言って笑顔を浮《う》かべたけれど、足を踏《ふ》み出すと緊張《きんちょう》のせいかいつもと同じはずの絨毯《じゅうたん》が頼《たよ》りなく感じる。

「こちらへどうぞ。ご案内いたします」

それでもなんとか、相馬様ともう一人、付き人の佐伯《さえき》様を一緒にエレベーターまで案内した。

待機していたエレベーターへ二人を乗せ、自分も乗り込むと階数ボタンを押す。

その途端《とたん》――。

「久し振《ぶ》りだな」

まるで友人に言うような口調でそう言われて、俺は一瞬言葉に詰《つ》まった。

ってことはやっぱり――この人が相馬隆臣様なんだ……。

「は、い。お久し振りでございます。またこうしてお会いできて嬉しく思います」

本当は「再会」なんて気分には微塵《みじん》もならなかった。だって、記憶《きおく》に残る子どもとはあまりに別人すぎる。

「すぐに俺だとわかったか？」

だからそう訊《き》いてきた相馬様に、俺は小さく首を横に振った。

「いえ、随分《ずいぶん》ご立派になられていらっしゃったので、わかりませんでした」

失礼かなと思ったけれど、正直にそう答えると、相馬様は我が意を得たりと言わんばかりに楽しそうな表情になった。

それがやっと少し年相応な感じがして、ほっとする。

「大人になったと思うか?」

「ええ、そうですね。驚《おどろ》きました」

五年前は本当にただの子ども——にしてはちょっとませてたけど、まぁ、そこそこ年相応だったのに、今はもう十代には見えない。老《ふ》けてるって言うんじゃなくて、落ち着きのある大人の男って雰囲気《ふんいき》がある。

こっくりと頷いた俺に、相手はますます嬉しそうに笑った。

「よかった。陸は相変わらず可愛《かわい》いな」

「……ありがとうございます」

九歳も年下の相手に言われたと思うと物凄く複雑だけど、相手はお客様なのだから、と自分に言い聞かせ、俺はにっこり笑ってお礼を言う。

そうこうしている間にエレベーターは止まり、ドアが開いた。

「そういえば、こちらには観光にいらしたのですか?」

非常口の案内をして、部屋へ向かいつつ尋《たず》ねると、相馬様はいいや、と首を横に振る。

「陸に会うためだ」

「っ……」

うっすらと笑みを刷《は》いた唇《くちびる》から飛び出した言葉に、俺は息を飲んだ。一瞬遅《おく》れて心臓がどくどくといつもの倍以上のスピードで動き出す。

──俺に、会うため……？

じょ、冗談《じょうだん》……だよな？

そうじゃなきゃ多分リップサービスだ。だから、光栄です、とか、ホテル同様気に入ってくださってありがとうございます、とかなんとか言わなきゃ、と思うのに上手《うま》く口が動かない。けど、俺がそんな風にうろたえている間に、相馬様はなんでもないことのように言葉を重ねた。

「それと、こちらで新しい事業を始めるためだ」

「──事業…ですか」

俺に会いにきたっていうよりはよっぽど順当だ、と思ってから俺は、ん？ と首を傾《かし》げた。

相馬様って十七歳だよな？ 高校生じゃないのか？

そんな俺の疑問に答えてくれたのは、それまでずっと黙《だま》っていた付き人の佐伯様だった。

「隆臣様はすでに大学を卒業なさっており、ＭＢＡも取得なさっております」

佐伯様は代々相馬家に仕えている人で、俺は五年前にも顔を合わせている。

確か、俺より二つ三つ年上のはずだ。でも、眼鏡《めがね》の奥の理知的な目も、穏《おだ》やかな口調も五年前と変わりはないように思える。

「そ……うなんですか」

間の抜《ぬ》けた返答だとは思うけど、あまりにも驚いてしまって咄嗟《とっさ》にそれくらいしか言葉にならなかった。

だって、大学をすでに卒業って……。

それにMBAってアレだよな？　アメリカとかのビジネススクールの修士号。そんなのまで持ってるなんて、ちょっと信じられなかった。

「五年前陸が、大人になるということは、仕事を得て自立することだと言っていたから頑張ったんだ」

そう言われてみれば言ったような気もするけど。でもその程度のことで、十七歳で大学卒業ってありえなくないか？

うーん……。

「…………」

やっぱりさっきの『俺に会いにきた』発言と同じ類《たぐい》の冗談……だよな？　多分。

返す言葉も見つからず困惑《こんわく》するうちに、相馬様の滞在《たいざい》するスイートルームに到着《とうちゃく》した。

ここからがまたいろいろと説明の連続になる。失敗するわけにはいかない、と俺は気を引き締《し》める。

「こちらがお部屋です。どうぞ」

まずは鍵《かぎ》を開けて室内へとご案内する。

「お荷物のほうはすでに指示通り、梱包《こんぽう》を解かせていただきまして、お洋服、お履物《はきもの》の類はクローゼット内に収めさせていただいております。そのほかのものは書斎《しょさい》のほうへ運んでおきました。あと、こちらは総支配人からです」

リビングのテーブルに載《の》っていたクロシュと呼ばれる銀色の蓋《ふた》を取った。中にはロビーに相馬様が現れてから用意されたばかりのフルーツと、ウェルカムドリンクが入っている。

「ありがとう」

ソファに近付いた相馬様の上着を預かって、ハンガーにかける。

「こちらと、奥のドアがベッドルームです。その隣《となり》が書斎になります」

それから、希望のあったPCの回線の設置場所をいくつか口頭で説明した。

「隆臣様、PCの設置は書斎のほうでよろしいですね？」

「ああ。任せる」

相馬様の返事に佐伯様は頷《うなず》いて、俺に向かって目礼してからさっさと書斎へと歩いていく。

「それで、あのドアは？」

思わず後ろ姿を目で追っていた俺は、相馬様の声にはっとして、示されたドアのほうへ視線を向けた。

「あちらはサニタリールームです。バスのほうはいつでもご準備いたしますので、お声をおかけください」

「では今」

「え？」

思わぬ返答に俺は驚いて相馬様を見つめる。

「——フライトや移動で疲《つか》れたから今入りたい。駄目《だめ》なのか？」

もちろん駄目なわけはない。ただ、俺の記憶では相馬様って、あんまりお風呂《ふろ》が好きじゃなかった気がするんだけど……。

記憶違《ちが》い……？

実際あのときは、とにかく必死だったせいか、自分がなにをしてしまったのか記憶があやふやな部分がある。本来は記憶力の悪いほうじゃないし、人の顔を覚えたりするのも得意なほうなんだけど——やっぱりそれだけ必死だったってことかな。

もっとも、あれから五年も経《た》つんだし、単に好みが変わっただけかもしれないよな、と俺は気を取り直した。

「では、すぐご準備いたします。バスオイルにご希望はございますか？」

何がある？　という質問に備えて、俺は置いてあるバスオイルとバスソルトの種類をざっと頭の中に並べてみる。

「前にきたときはなんだった？」

「あのときは……——バブルバスがお気に入りのようでしたね」

そう答えながら、バブルバス、という単語に引きずられるように、俺の脳裏《のうり》には五年前のことが鮮《あざ》やかに浮《う》かび上がってきた。

広いバスルームで、自分で頭どころか体も洗ったことがない、それどころか服を一人で脱《ぬ》いだことも着たこともないと言う十二歳の少年に呆《あき》れ果てたこと。そして、お風呂嫌《ぎら》いな子どものために用意された、さまざまなおもちゃやチョコレートやジュース。

おまけに、一度お湯を張った風呂の栓《せん》を抜かれて、泡《あわ》の風呂にしろとまで言われたんだよな。

今の堂々とした姿からは想像もつかない、と俺は思わず笑《え》みがこぼれそうになった。

弟妹《ていまい》を風呂に入れたことは何度もあったから慣れてはいたけれど、他人の頭や体を洗ったのはあれが初めてだった。

「本日も――――」

そういたしますか？　という言葉は、相馬様の言葉に遮《さえぎ》られる。

「あのとき、風呂くらいは十二歳なら一人で入れるものだと言われたんだったな」

ドキリと心臓が鳴った。

そう……確かに、言った。

今思えばとんでもないことだけど、あの頃《ころ》はまだ本当に入社したばかりで、ドアマンの仕事しかしたことがなかった。その上、今回のような予告もなく、本当に突然《とつぜん》の抜擢《ばってき》だったせいもあって、いろいろな失敗をしでかしてしまったのだ。

妹と相馬様の年が近かったのも、悪かった……。

服を脱がせろ、体を洗え、と言われたことに対して十二歳なら自分でそれくらいはできたほうがいいと、この御曹司《おんぞうし》に向かって説教したなんて、今思えば冷や汗《あせ》が出る。

「その節はいろいろと失礼いたしました」

けれど、相馬様は俺の言葉に苦笑《くしょう》して首を振《ふ》った。

「謝って欲しくて言ったわけじゃない。むしろ感謝してるんだ」

「感謝……ですか？」

「ああ。そのことだけじゃなくて、いろいろと陸には叱《しか》られたが、新鮮《しんせん》で得がたい体験だったと思う」

「はぁ……」

叱られたのが得がたい体験って……。まぁ、俺がちょっと見た限りでも、ご両親がベたベたに甘やかしてる感じはしたけど。

初めて会ったときだって、相馬様がドアマンをしていた俺を世話係にしろと言ったのに対して、止めもせずに息子《むすこ》のワガママをきいたくらいだ。

「父に言いつけると言って『どうぞ』なんて返事をしたのも、陸が初めてだったしな」

「…………」

思い出すだけでも、恐《おそ》ろしい……。

俺自身は半分以上意地になっていて、クビでもなんでも勝手にしろって思ってたけど、あれで本当に相馬様が言いつけていたら、被害《ひがい》は俺だけじゃなくて、ホテル全体に及《およ》んだはずなんだ。

結局、あのときも一緒《いっしょ》にきていた佐伯様が取り成してくれて、ことなきを得たんだけど。

なんて考えていたとき、書斎へ行っていた佐伯様が帰ってきた。

「隆臣様、セッティングのほうが済みましたので私はこれで」

「ああ、ありがとう。今日はゆっくり休めよ」

「はい。なにかあれば携帯《けいたい》のほうへお願いします。――では、よろしくお願いします」

「お任せください」

俺に向けての言葉に頷いて微笑《ほほえ》むと、佐伯様はなぜか苦笑して踵《きびす》を返した。

なんだろ？　と内心首を傾《かし》げつつ、俺は相馬様へ向き直る。

「では、バスの支度《したく》をして参ります。バブルバスのオイルはローズとジャスミン、バニラがございますがいかがなさいますか？」

「陸の好きなものでいい」

「かしこまりました」

ぺこりと頭を下げて、俺はリビングをあとにした。

　サニタリールームは洗面台のある空間も入れると、それだけで通常の客室ほどのスペースがある。二つの洗面台の向かいには、バスローブなどの入る大型のクローゼット。そこから奥へ向かうと、洗い場を有する日本風のバスルームがある。

　バスタブは、カップルで入っても狭《せま》さを感じさせないほどに大きくて、その横に配置された窓から一望することができる夜景は絶品、って話らしい。

「え…っと…」

　俺はマニュアル通りバスタブに湯を落とし、少し溜《た》まったところでバスオイルを垂らす。香《かお》りは結局ジャスミンにした。疲れているなら、疲《ひ》労《ろう》回復効果があるこの香りが一番いいと思ったんだ。

「よし！」

　湯の落ちたところから次々に泡が作られていくのを見届けた俺は、洗い場を出て、タオルとバスローブの準備をした。

　そして八分目くらいでお湯を止めて、温度計を突《つ》っ込む。

「三十九度…まぁ、今日のところはこれくらいかな…」

　疲れてるときは、温《ぬる》めのにゆったり浸《つ》かったほうがいいし。明日以降に関しては、あとで感想を聞いてから調整していこう。

　俺は温度計をしまってから、相馬様を呼びにリビングへと戻《もど》った。

「お待たせいたしました。バスの支度が調《ととの》いました」

「ああ、ありがとう」

そう言ってソファから立ち上がった相馬様を、俺はバスルームまで案内する。

「バスローブはこちらにご用意させていただきました。なにか必要なもの、わからないことなどがございましたら、バスタブの横にございますインターフォンにてお知らせください」

「……………」

「？　相馬様？」

「――――わかった」

「…………？」

今の沈黙《ちんもく》は一体何だったんだろう…？

なにか逡巡《しゅんじゅん》するような間だったような気がする。

ちょっとだけ気になったけれど、相馬様を見上げても特に言葉を頂けなかったので、俺はバスルームから早々に出て行くことにした。

「では、失礼いたします」

ドアを閉めると、思わずほっと息が漏《も》れる。自分が思っているよりもずっと、体は緊張《きんちょう》していたみたいだ。こんなに長く一人のお客様に接するのは、五年前以来だもんな。

でも、これからしばらくこんな生活が続くのだと思うと、目眩《めまい》がしそうだ。相馬様が予想外に友好的だったのが、せめてもの救いだけど……。

なんて思いつつリビングへと戻った俺は、テーブルの上を見て思わず「あっ」と声を上げてしまう。

そういえば、グラスやフルーツを片付けてもいいか訊《き》くのを忘れてしまった……。

グラスにはまだソフトドリンクが半分以上残っているし、フルーツは手もつけられていない。

もしかすると嫌いだったのだろうか？

「……あ、でも……」

一欠片《かけら》だけ減っている添《そ》えられたチョコレートに気付いた俺は、幼い頃と変わらずチョコレートが好きなのだろうかと微笑ましく思ってしまった。

とりあえず、クロシュをかぶせておけばいいかな……？

迷いながらクロシュを手にした俺は、突然鳴ったインターフォンに体をビクリと竦《すく》ませた。

「…わっ」

何だろう？　バスルームからだよな？

俺は慌《あわ》てて駆《か》け寄り、受話器を上げる。

「はい」

『飲みかけのグラスがあっただろう？　あれを持ってきてもらえるか？』

受話器の向こうから聞こえてきた声は、やっぱり相馬様のものだった。バスルームからのせいか、声が少し反響《はんきょう》して聞こえてくる。

「わかりました。グラスだけでよろしいですか？」

『ああ』

「すぐにお持ちいたします」

そう言って受話器を置いてから、自分がクロシュを持ったままだったことに気付いて俺は思わず苦笑する。

まぁ、なんにせよ丁度よかった。

俺はグラス以外にクロシュをかぶせると、トレイの上に載《の》せたグラスの細い足を押さえつつバスルームまで運んだ。

ぐらついて落としたりしたら大変だもんな。普段《ふだん》はフロント業務が主だし、飲料関係の仕事はしたことがなかったから、トレイに載せて何かを運ぶってのが一番慣れない……。

「お持ちいたしました。こちらに置かせていただいてよろしいですか？」

「いや、中まで持ってきてくれ」

「…………」

ガラスのドアの前で声をかけると、思わぬ返事が返ってきて俺は一瞬逡巡《いっしゅん》した。

もちろん中では裸《はだか》でいるんだよな……？

なのにバスルームに踏《ふ》み込むなんてこと、していいのだろうか？

浅川さんに相談したいと思ったけど、もちろんそんな時間はない。結局、お客様がそう言うんだし、男同士なんだし、大体五年前には体まで洗ったんだから……と開き直って俺はドアを開けた。

「失礼いたします」

できるだけバスタブの中は見ないように…と思ったけど、考えてみればバブルバスなのだから、特に何も見えないのだと気が付いてほっとする。

けれど。

「どちらに置きましょうか？」

「そのままでいい」

――そのまま？

どういうことだろうと疑問に思って首を傾げると、相馬様は少しだけ伸《の》び上がって俺からグラスを受け取った。

「……っ」

そのときチラリと見えた上半身にドキッとして、俺は顔が熱くなってしまう。

なんで俺、ドキッとなんかしてるわけ？

「すまない」

グラスを手にした相馬様は一口だけ飲むと、窓際《まどぎわ》のスペースにグラスを置く。流れるような動作を見入っていたことに気付いて、俺はハッとした。

「い、いえ…」

な…何やってるんだ俺は！

きっと子どもの頃《ころ》の印象が強くて、ギャップに驚《おどろ》いただけだよな…？

だって俺、浅川さんのことが気になるとは言っても、男が好きってわけじゃないし！　ドキドキする理由なんか他《ほか》に思い当たらないし！

「で…では、失礼します」

俺は慌てて、空いたトレイを胸に抱《だ》くようにして頭を下げる。

けれど、そのまま踵《きびす》を返そうとした俺の腕《うで》を、相馬様の濡《ぬ》れた手が掴《つか》んだのだ。

「あ、あの――――ちょっ、うあっ」

ぐっと腕を引かれたかと思うと、次の瞬間、ザパンッ、と耳元でお湯が跳《は》ねる音がする。続いてカランカランというトレイの転がる音がうるさく響《ひび》いた。

「な、なにするんですかっ！」

――――な、何……って！

自分がバスタブに引きずり込まれたことに気付いて、思わず声を荒《あら》らげてしまった俺に、相馬様は楽しそうに笑う。

「やっと俺の知っている陸になったな」

「は？」

「あまりにも堅苦《かたくる》しいから、別人かと思った」

――――あ……呆《あき》れてものが言えない……。

堅苦しいって言ったって、これは仕事なんだから当たり前だろうが!!

それに五年前のあのときは、子ども相手だと思ったから――――いや、俺が何も考えてなかったせいもあるんだけど、とにかく仕事として正しい対応してるっていうのに何の問題があるっていうんだ？

というか、そんなくだらないことを言うためだけに、服着たままの俺をバスタブに引きずり込んだのか？

どんなに成長したように見えても、やっぱり十七歳。やっぱり子どもだ。

「だからって、やっていいことと悪いことがあるでしょう？」

「そう。そうやって怒《おこ》っていたほうが陸らしい」

「…………」

暖簾《のれん》に腕押しの見本のような反応に、俺はため息の一つもつきたくなる。

けど、そこは大人の理性でぐっとこらえて、俺は無言のままバスタブから出ようと身を捩《よじ》った。

「待て」

「……なんでしょうか？」

後ろからぐいと腰《こし》を引き寄せられて、俺はしぶしぶ問い返す。

「せっかく濡れたんだ。このまま入っていけばいい」

「……遠慮《えんりょ》いたします」

――『せっかく』って、どういう理屈《りくつ》だよっ？

いよいよ腹立たしくてバスタブを出ようとしたのに――なぜか、相馬様の長い腕は俺を捕《と》らえたまま放そうとしてくれない。

それどころか、シャツの上から触《ふ》れた指先が、お湯の中が泡《あわ》で見えないのをいいことに、いつの間にかジャケットのボタンを外していたことに気付いて俺は驚いた。

「ちょっ……何してるんですかっ？」

「服を脱《ぬ》がしている」

「脱がさなくていいんですっ」

シャツのボタンを外そうとしていた腕に、慌てて俺は手をかける。

「しかし、服を着たまま入るというのはおかしくないのか？」

「おかしいに決まってます！　わかってるならどうして引きずり込んだんですか？」

「脱いで入れ、と言っても素直《すなお》に聞かないと思ったからだ。ならばとりあえず入れてしまえば、濡れた服は普通脱ぐだろうと思ったんだが……」

困惑《こんわく》したような口調は、まるで濡れた服を脱がない俺を責めているようでさえもある。おまけにシュンとされて、俺は言葉に詰《つ》まった。

――理不尽《りふじん》だ……。

ぬれた前髪《まえがみ》が張り付いたりとかして、かっこよさ百二十パーセント以上アップしてるっていうのに、ちょっとその態度はずるいんじゃないか？

そんな外見でしょぼんとされたら、何か俺のほうが悪いような気がするじゃないか……。

思わずそんな愚痴《ぐち》をこぼしそうになった俺は、ずるりと殻《から》を剝《は》ぐようにジャケットを脱がされて、はっと気付く。

「だ、だから、服はここから出て自分で脱ぎますからっ」

「自分で脱ぐのは構わないが、出ることは許さない」

「なんでそんなこと……」

「……一緒《いっしょ》に風呂《ふろ》に入って欲しいというのは、そんなに駄目《だめ》なことか？」

ポツリと呟《つぶや》くような声で言われて、思わず俺は固まった。

『体を洗えと言うのは駄目なことなのか？』

今よりずっと小さかった相馬様に、そう問われたことを思い出す。

同時に、しつこく上司たちから繰《く》り返された『くれぐれも失礼のないように』という言葉までもが脳裏《のうり》に浮《う》かんできた。

「…………」

ここで『一人で風呂にも入れないのか』と言ってしまったら、もしかしてお客様に対して失礼なことなのか…？

けれど『じゃあ一緒に入りましょう』って言うのも、どうにもおかしいよな…？

……どうしろって言うんだ。

今度こそ、本気で浅川さんに相談したい。けれど、やっぱりそんなことをしている余裕《よゆう》もないし、あったとしても非常識すぎて実際には訊《き》けない気もする。

結局、自分でなんとかするしかないのか……？

「……どうしてそんなことをおっしゃるんですか？」

「一緒に入りたいからだ」

――ワケがわからない…。

答えになっていない答えに、俺は仕方なく問いを重ねる。

「どうして一緒に入りたいんです？」

「恋人《こいびと》同士なら一緒に入るものだろう？」

またしても答えになっていない。というか、噛《か》み合ってない……。

「確かに、恋人同士ならそうかもしれませんが――」

「そうだろう？」

でもそれは私たちには関係ないことですよね、と続けようとした俺の台詞《せりふ》は、相馬様の嬉《うれ》しそうな相槌《あいづち》にあっさりかき消されてしまった。

「よかった」

まるで自分のことのように嬉しそうに目元を染める表情に、思わず目を奪《うば》われる。

――でも。

「…や…ですから、それは恋人同士なら、って…」

「恋人同士だろう？」

「は？」

誰《だれ》と誰が？

俺はぽかんとして相馬様を見上げた。そんな俺に、相馬様はにっこりと笑う。

「五年前、俺は陸に恋人になって欲しいと言った」

「…………」

…言われた。ような気がする。

「そうしたら陸は、俺が大人になっても陸を好きだったら恋人になる、と言ったんだ」

「…………」

……言った。かもしれない。

「陸はさっき、俺を大人になったと言っただろう？」

「…………」

それは確かに、言った。

だけど、だけど、だけどっ！

それはそんなつもりで言ったわけじゃないし！

「俺は大人になった今も陸が好きだし、だから恋人同士だったら一緒に風呂に入ってもいいだろうと思ったんだが……さっきから、陸がどう考えているかがわからなくて不安だった」

そう言いながら、相馬様は安心したと言わんばかりの笑顔《えがお》を見せている。

つまり――五年も前から俺との約束（違《ちが》うけど）を信じて守って、今日まで暮らしてきたと？　あんな子ども騙《だま》しでしかなかった言葉を、本当に……？

「………っ」

な、何を俺は動揺《どうよう》してるんだ？　つか、何でドキドキしてんだよ？

急激に速度を増した心臓の音に、俺は「落ち着け」と必死で言い聞かせる。こんなに顔を赤くしてたら、照れてるとか喜んでるとか誤解されてしまう。

だけど――はっきり言って、俺は約束なんか、全部すっかり忘れてた。

そんな相手を五年も信じさせていたなんて、何か罪悪感が……。

なんて考えているうちに、胸の前に回っていた腕《うで》が不穏《ふおん》な動きをし始めて俺はぎょっとする。

「な、なに…や、やめてくださ……っ」

ゆっくりと、シャツの上から胸を撫《な》でられて、俺は思わず身を捩《よじ》る。

だけど、殴《なぐ》って逃《に》げようかと思った瞬間《しゅんかん》『くれぐれも失礼のないように』のフレーズが脳裏を掠《かす》めて動けなくなった。

こんな場合でも、殴ったらやっぱり失礼なのか？

「…っ！」

けれど逡巡《しゅんじゅん》した隙《すき》をついて胸の一点を掠めた指先の動きに、俺は息を飲む。

ピリッと…体に電気が通ったみたいだった。

信じられないような気持ちで、自分の胸元《むなもと》を見下ろす。

「あっ……」

声を上げると、指はもう一度反応を確かめるみたいにしてそこに触れてくる。

「ここが気持ちいいのか？」

ゆっくりと耳の中に吹《ふ》き込むように囁《ささや》かれて、ただでさえお湯のせいで火照《ほて》った体が、ますます温度を上げた気がした。

「よくなっ……」

「だが、硬《かた》くなっている。——ほら」

必死で否定しても、ぐりぐりと押し潰《つぶ》すようにされると、俺はなぜか動けなくなってしまう。

何でこんなことに……っ。

すぐに我に返って、肘《ひじ》で押し返したり、手を摑んで止《や》めさせようとしたりしたけど、相馬様の手は、俺の抵抗《ていこう》なんてものともせず自由に動いて快感を引き出そうとした。

「や…ぁっ」

胸元のボタンがいくつか外されて、お湯と一緒に手のひらが直接肌《はだ》に触《ふ》れる。

きゅっと指先に乳首《ちくび》を挟《はさ》まれて揉《も》まれると、じんわりとした快感が全身に広がって、体から力が抜《ぬ》けていく。自分がそんなところが弱いなんて、今まで知らなかった。

じゃなくて――大体、なんでこんなことに？

たった今まで、風呂に入る入らないっていう話をしていたはずなのに、どうしていきなりこんなことになってるんだ？

恋人になったならないっていう話から、俺が気付かないうちに、いつの間にかそんな雰囲気《ふんいき》になっていたりしたのだろうか？

つまり、結局のところ……俺はまた失言をしたということなのか？

グルグルと考えていると、それを咎《とが》めるかのようにして、キュッと首筋に口づけられた。気が付くと、シャツの前は完全にはだけられている。

「…あ…くっ…」

両手で乳首を撫でられたり押し潰されたりするたび、俺は自分でも恥《は》ずかしくなるような声を漏《も》らしてしまう。

風呂《ふろ》の温度と相馬様の指のせいで、体は熱に浮《う》かされたように熱く、思考すらもどろりと凝って、行き場を失っていくようだった。

「陸……」

「やぁっ……もう、は…なし…て…っ」

甘い声で囁かれ、耳の下に口づけられて背筋が震《ふる》えた。

「離《はな》さない」

「あっ……」

そんな返事が返ってきて、まるでわがままを諌《いさ》めるかのように耳を噛まれる。

「だが、このままではのぼせてしまうな」

そんな呟《つぶや》きを聞いたと思った次の瞬間、相馬様は風呂の栓《せん》を抜いてしまったのだ。

みるみるお湯が少なくなって、相馬様に散々弄《いじ》られたそこが目に入る。

「あっ…やだっ……見ないで…っ」

俺は慌《あわ》てて上半身を倒《たお》すように身を捩った。

そこは赤くぷくりと腫《は》れたようになっていて、とてもじゃないけど正視できない。

「隠《かく》すことはない。真っ赤になって可愛《かわい》らしいな」

「…っ、触《さわ》らないでくださいっ」

再びきゅうっと乳首を絞《しぼ》るように弄られて、俺はじたばたと抗《あらが》った。けれど、シャツもズボンも水を含《ふく》んで重くなり、拘束《こうそく》されているかのように動き辛《づら》い。

「なぜだ？　気持ちいいだろう？」

不思議そうな声で訊《き》きつつ、指先でやわやわと乳首を揉みしだかれた俺は、必死でかぶりを振《ふ》った。

「っ…いやなも…は…やなんです……っ」

「子どものようなことを言うな。——それとも」

くすりと笑われて、内心ムカッとする。

その言葉、お前にだけは言われたくないぞっ！

「…あ…っ」

けど、俺がそう噛《か》み付くより早く相馬様の指が下へと降りてきて、俺ははっと息を飲んだ。

「こちらのほうがいいという催促《さいそく》か？」

「やっ」

そっと下着の上から撫でられ、その感触《かんしょく》に腰《こし》がびくりと跳《は》ねる。気付かないうちに、ズボンの前立てまでもがすっかりはだけられていたことを知って俺は驚《おどろ》いた。

栓を再びしたのか、いつの間にかお湯の減りは止まっていた。おかげで泡《あわ》で隠れた下半身を見なくてすんだけれど、自分のそこがどうなっているかなんて見なくてもわかる。

「や……もう、やめてください…っ」

「さっきからそればかりだな。ほかに言えないのか？」

不満げな台詞《せりふ》だけど、声は楽しげに笑いを含んでいる。下着のウェスト部分から入り込んだ手に直接ぎゅっと握《にぎ》りこまれると、あまりの快感に目眩《めまい》がした。

「あ…っん…」

「よかった。感じているんだな」

少しだけホッとした声音《こわね》で囁くと、相馬様は俺のそこを巧《たく》みに扱《しご》きだす。

こんなのおかしいのに……何で気持ちよくなっちゃうんだろう？

感じている自分が不甲斐《ふがい》ないのに、体は意思に反して快感に溺《おぼ》れていってしまう。

「っ……ああ…っ！」

しばらくして俺は、相馬様の手の中に我慢《がまん》していたものを吐《は》き出してしまい……。

「……く…っ…」

――堪《こら》え性《しょう》なさすぎだろう…俺…。

「陸……」

すると、相馬様は体に力が入らずに沈《しず》み込みそうになっている俺の体を引き上げて、向かい合うような体勢にしてしまった。

逆らおうにも、体は相変わらず濡《ぬ》れた衣類に拘束されていてただでさえ重い。その上、いってしまったあとの虚脱《きょだつ》感と、少しのぼせ気味の体じゃ、逆らうこともままならない。

「ん……っ」

腰と顎《あご》を固定され、唇《くちびる》にキスを落とされる。触れては離れる優《やさ》しい感触を、なんとか避《さ》けようと体を捩ると、頬《ほお》へ耳へと移動して、最後にはやはり唇へと戻《もど》ってきてしまう。

——というか。な、何でまた俺、ドキドキなんかしてるわけっ…!?

さっきからどんどん酷《ひど》くなっていく心臓の音に、俺は改めて動揺《どうよう》していた。だって、いくら相手が男前だっていっても、俺がドキドキしたりする必要なんか全くないじゃないか!

「あっ…ふ…」

差し入れられた舌にねっとりと搦《から》め取られ、表面同士を擦《こす》り合わせるようにされると、さっき解放したはずの快感が再びゆっくりと腰を這《は》い上がってきてしまう。

いくらなんでもこのままじゃまずいと、俺は腕《うで》を突《つ》っ張るようにしてなんとか逃《のが》れようとしたけれど、やっぱり力が入らない。

「いい加減放して…っ…あっ」

背骨を伝い降りた手が狭間《はざま》に触れて、ざっと血の気が引いた気がした。

俺は咄嗟《とっさ》に立ち上がって逃げようとしたけれど、膝《ひざ》立ちになった途端《とたん》ぐっと腰を引かれ、相馬様の顔に胸を押し付けるような体勢で固定されてしまう。

その上、下着ごとズボンを下ろされて……。

「やっ…触るなっ……」

肩《かた》に手を置いて必死で逃れようとしたけど、すっかり敏感《びんかん》になってしまった乳首を吸い上げられると、そちらに意識がいってしまう。

その隙《すき》をつくようにして、濡れた指が狭間にある入り口を探《さぐ》るように動いた。

「あっ、あっ……っ」

何度も何度も擦られて、逃れようとするたびに今度は胸を弄られる。吸われたり甘嚙みされたりした乳首は、じんじんと熱を持ったようになって、舌先で突《つつ》かれただけでおかしくなりそうなくらい感じてしまう。

そうこうしているうちに指で擦られていたほうも、いつの間にか綻《ほころ》んで……。

「ふっ……ぁ…」

ついに、狭間の奥へと指が入り込んだ。

泡のせいなのか、それともお湯の中だからなのかはわからないけど、何度も何度も中を行ききする指が二本に増えたときも、痛みもなく圧迫《あっぱく》感が増しただけだった。

それどころか、指が中のある一点に触れた途端、信じられないような快感が走り、体がびくりと震えた。

「やっ、な、に……あ、あっ」

かき集めた知識で、それが前立腺《ぜんりつせん》と呼ばれる場所だということだけはわかった。

けれど、そこに触れられたとき自分がどんな風になってしまうのかなんて全く知らない。

触《ふ》れられるたびに体が揺《ゆ》れて、まるで全身に電流でも流されているみたいだった。

「ひっ…あっ！」

男同士のエッチの仕方くらい、さすがに俺も知っている。

だけど——こいつは高校生のくせに、何でこんなこと知ってるんだよ…っ！

言いたい文句は山のようにあったけれど、口から出てくるのは信じられないくらい甘い喘《あえ》ぎ声ばかり。これでは行為《こうい》を許容していると勘違《かんちが》いされてしまう…というか、もうされているかもしれない。

「……よさそうだな」

何がだと問いかける間もなく、相馬様はそう呟きながらずるりと指を抜《ぬ》いてしまう。そうして、膝にすっかり力の入らなくなった俺の体の位置を自分と入れ替《か》え、斜《なな》めになったバスタブの内壁《ないへき》に寄りかからせた。

「あっ…」

足に絡《から》みついたままのズボンと下着を剝《は》ぎ取られ、そのまま両足を抱《かか》え上げられてしまう。

逃《に》げなきゃ——と思うし、そんなことわかってるのに、体はぐったりと動かない。

「や……」

ゆっくりと首を横に振ったけど、相馬様はただなだめるように頰を撫《な》でただけでやめてくれる気配は微塵《みじん》もなかった。

「心配ない。力を抜いていろ」

「あ……だ、めっ……」

ぐっと入り込んできたもののあまりの大きさに、さすがにそこに痛みが走る。強張《こわば》った体をなだめるように頬や首筋にキスされたけど、こんなことを経験したことのない俺が、器用にそこから力を抜くなんて到底《とうてい》無理なことだった。

それでも散々ほぐされた場所は、意思とは関係なしにゆっくりと相馬様を受け入れていってしまう。

「んっ…あ!」

「…全部入った」

そう言われたときには、もう何でもいいから早く終わらせて欲しいとしか、俺は考えられなかった。けどそんな俺の意思とは裏腹に、相馬様はすぐには動かず、すっかり力を失った俺のものに指を絡めてくる。

「う…ぁ…っん」

そっと撫でるように触れられると、体の奥で感じたことのないほどの快感が沸《わ》き上がった。

「凄《すご》い……良《い》いのか？」

「ちが…っ…あ！」

——嫌《いや》だ…こんなこと、許しちゃいけないのに……っ！

だけど、どんなに心の中で逆らっても、体は初めての刺激《しげき》に完全にコントロールを失っている。俺の意思なんてお構いなしに、快感を簡単に受け入れてしまっていた。

「陸…っ」

そして、俺のものがすっかり力を取り戻したのを見計らい、ゆっくりと相馬様が動き出す。

「あっ、あぁっ…んっ…んっ」

ぐっぐっと押し入れられるたびに、吐息《といき》だけでなく恥《は》ずかしい声がこぼれて、俺は泣きながら自分の口元を覆《おお》う。

恥ずかしかった。自分のじゃないみたいな声が響《ひび》くのも、納得《なっとく》できるわけのない行為で、こんな風に乱れてしまうことも……。

「……陸、好きだ」

相馬様のものが中を擦るたびに、快感は増していく。

「ああ…っ！」

「…くっ」

そして相馬様が俺の中ではじけたのと同時に俺は自分を解放し、次の瞬間《しゅんかん》には意識を手放していたのだった……。

◇

『陸のことが好きだ』

耳に届いたその言葉に、俺は驚《おどろ》いて目を見開いた。

目の前に立っているのは——自分の肩よりもずっと小さな少年。

偉《えら》そうで、反抗《はんこう》的で、でもなぜか憎《にく》めなかった。子どもだからというだけでなく、変なところが純粋《じゅんすい》なせいかもしれない。

『恋人《こいびと》になってほしい。そうしたら風呂《ふろ》に一緒《いっしょ》に入ってくれるんだろう?』

最初はまたからかわれているのだろうか、と思った。

初めて会った日は『俺に逆らうなら親に訴《うった》えてやる』とまで言われたし、今日だって小さな言い争いの末『仕方ないから俺が折れてやる』なんて言っていたのに……。

けれど無表情で、淡々《たんたん》とした口調だったけど、耳がほんのりと赤くなっているのを発見して俺は微笑《ほほえ》ましいような気分になった。思わず笑みがこぼれてしまう。

『どうして恋人だと一緒にお風呂に入るんですか?』

『この前テレビでみたんだ。恋人なら一緒に入るんだろう? 俺は陸が好きだから、恋人になって一緒に風呂に入りたい』

『何のテレビを見たんですか……。隆臣様、それは大人がすることです』

『……そうなのか？』

疑うような口調に、俺はうんうんともっともらしく頷《うなず》いてみせた。

『じゃあ、大人になればいいのか？　恋人になるのか？』

生真面目《きまじめ》な口調に、内心必死で笑いを噛《か》み殺す。

『そうですね。もし大人になっても気持ちが変わらなければ』

保育園か小学校の先生にでもなったような気持ちでそうなだめ、俺はその形のいい頭を撫でた。

『約束だぞ』

『はいはい、わかりました』

『はい、は一回でいい！』

むっとしたような、少し照れくさそうな顔がまた可愛《かわい》くて、俺は笑って頷く。

そう。確かに、頷いたんだ。

――――だって。

「まさか、こんなことになると思わなかったし……」

そう呟《つぶや》いたのは、夢だったのか現実だったのか。

「……陸？」

名前を呼ばれてうっすらと目を開けると、キラキラした男の顔がアップで視界に映る。その顔はどこかほっとしたような表情をしていた。

「よかった。目が覚めて……熱は下がったようだな」

額に触れられて近くなったその距離《きょり》に、反射的に体が怯《おび》えるように揺れてしまう。するとそれを感じ取ったのか、すぐに手が額から離《はな》れた。

「……無理をさせてすまなかった」

深々と頭を下げられて、俺は自分がなにをされたのかをはっきりと思い出す。そして思い出した途端《とたん》、羞恥《しゅうち》と怒《いか》りでかっと顔が熱くなった。

「………あ…」

けれど、文句を言おうとした俺が次に思い出したのは、さっきまで見ていた夢の中の少年だった。生意気だけど、必死で、一生懸命《けんめい》な男の子。

あのときは、あんなに小さかった子がまさかこんなに大きくなって戻《もど》ってくるなんて、考えてもみなかったのに……。

「――反省、されていらっしゃるんですよね？」

ため息混じりに訊《き》くと、相馬様ははっと顔を上げる。

「している。まさかこんなことになるとは思わなかった」

その言葉にも真剣《しんけん》な瞳《ひとみ》にも、嘘《うそ》はないように見えた。

……って、ちょっと前に自分を襲《おそ》った相手だっていうのに、ここで許すのは……甘いかな？

けど、あんな夢を見ちゃったせいか、相手が九歳も年下の子どもなんだってことを思い出してしまうと、なんか怒《おこ》るとか恨《うら》むとか、そういう気分も萎《しぼ》んでしまう。

「こういうことは、双方《そうほう》の同意があってすることで、無理やりしていいことじゃ絶対にありません。わかりますよね？」

「……ああ」

俺の言葉に神妙《しんみょう》に頷いて、相馬様はもう一度頭を下げた。

「本当にすまなかった」

「…………なら、いいです」

「陸…」

ほっとしたように微笑まれて、思わず苦笑《くしょう》がこぼれてしまう。

「それに……俺にも悪いところがありましたし」

「陸？」

素直《すなお》に不思議そうな目を向けられて、俺はまたため息をついた。

——俺の悪いところ。

それはもちろん、『大人になっても気持ちが変わらなければ恋人になる』と言ったことだ。

その点について、謝らなければいけないのは俺のほうなんだよな……。

あれは、俺からすれば約束じゃなくて、保育園の先生が園児に言うお定まりの言葉っていうか——まぁ、体《てい》のいい断り文句というか、そういうものだったわけで。

だから、まるっきり本気なんかじゃなかったし、今まで忘れていたくらいだったのだ。

でも、嘘か本当か、俺のために早く大人になったなんて言う相手に、今更《いまさら》あれは冗談《じょうだん》でしただなんて、さすがに言えない。それこそ、どんな報復が待っているかわからないし……。

何かいい断りの文句はないものかと悩《なや》んだ俺は、今回こそ昔のように誤魔化《ごまか》さずに現状を伝えようと決意して口を開いた。

「実は俺……その…今好きな人がいるんです」

「好きな人？」

流れからして、それが自分のことではないとわかったのだろう。急に相馬様の表情に険しいものが混ざる。

「誰《だれ》だ？」

もしここで俺が浅川さんだと言ったら、浅川さんも俺も明日にはクビになっているんじゃないだろうかと思うくらい険のこもった声だった。

「……言えません」

「何故《なぜ》だ？」

だから、そんな不機嫌《ふきげん》そうな声で訊かれてもっ！

「片思いなので…相手に迷惑《めいわく》かけたくないんです」

暗に、お前迷惑かける気だろと言ったようなものなのに、相馬様は途端に表情を明るくした。

「なんだ、付き合っているわけではないのか？」

「ないですけど……」

「なら問題はない」

「は？」

あっさりと言い切られて、俺は呆気《あっけ》に取られた。

問題はないって、どういうことだ？

「そんな男よりも俺のほうがよほどいい男だということが、すぐにわかるだろうからな」

「…………」

そうですか……。

自信満々の台詞を、そんな風にさらりと言ってしまえるところが怖《こわ》い。

それにしても、何で男だって決め付けられてんだろうと思ったけど、間違《まちが》いではないのでなんかすごく複雑な気分だった。

とはいえ、怒ってはいないみたいだし、とりあえずは納得《なっとく》してくれたみたいだしよかった…

…のかな？

「…とにかく。そういうことなので、もうああいうことは駄目《だめ》ですからね」

「ああ、わかった」

神妙な顔をしながらも素直に頷いた相馬様に、俺はほっと安堵《あんど》の息を吐《は》く。

まぁ、今はとりあえずこの答えだけで満足しておこう。

「お話が済んだところで、少々よろしいですか？」

「っ！」

突然《とつぜん》聞こえた声に、俺は室内にいたのが俺と相馬様だけではなかったことにやっと気付く。

ざっと血の気が引いた。

「なんだ？　佐伯」

振《ふ》り返った相馬様の視線の先――入り口の辺りに立っていたのは佐伯様だった。

ドアの音がしなかったということは、初めからそこにいたことは間違いがない。いくら寝転《ねころ》んだままで視界が狭《せま》かったからって、全然気付かなかったなんて……。

頭を抱《かか》えたいような気分で、俺はだるい体をベッドの上に起こした。

「春名さんが倒《たお》れていた間のことです。説明をしておいたほうがいいと思いまして」

「ああ、そうか。そうだな」

倒れていた……間？　そう言えばさっき、熱がどうとかって……。

まさかと思い、俺は慌《あわ》てて枕《まくら》もとのデジタル表示に目をやった。

午前九時四十分。俺がこの部屋にきたのは通常のチェックインが始まる午後三時よりも前だったはずで……。ってことは、一晩経《た》ってる!?

「嘘……」

「隆臣様が無理をしたせいで申し訳ありません」

呆然《ぼうぜん》と呟いた俺に、佐伯様がそう言って苦笑する。

「え、いえ……その…それはもう、いいんですけど」

俺は思わず俯《うつむ》いた。

だって、この人知ってるってことだよな？　俺がなにされちゃったのか……。

めちゃくちゃいたたまれない。

いや、そんなことを考えて落ち込んでる場合じゃないんだった。問題は、俺の勤務状態のほうだ。

本来なら、夜間の仮眠《かみん》前に一度浅川さんへ報告に行くはずだし、朝は朝でアシスタントマネージャーのほうへ顔を出すように言われていたのに……。

「昨夜の春名さんの勤務についてですが」

「あ、は、はいっ」

丁度考えていたことを言われて、俺ははっと顔を上げた。

「隆臣様が時差ぼけの解消のために、無理を言って一晩付き合っていただいたことにしてあります。隆臣様の指示で、私からマネージャーへ報告し、了解《りょうかい》を貰《もら》ってありますので」

「え……それじゃ……」

 問題はないってこと？　俺のほうから一言もなかったって言うのは多少不自然かもしれないけど、そのことだけ上手《うま》く誤魔化せば……。

「報告書にもそのように書いていただけるよう、お願いいたします」

「は、はい。ありがとうございました」

「いいえ。お気になさらず。さて、次にこのあとのことですが、隆臣様は本社のほうへ向かわれることとなっております。昼食と夕食は外出先にて済ませる予定です。戻りは午後九時となっております」

きびきびとした口調で予定を読み上げられて、俺はとにかく頷《うなず》く。

「わかりました。お帰りになられるまでにご用意しておくことはございますか？」

相馬様へ問いかけると、相手は首を横に振った。

「なにもない。とにかく休め」

労《いた》わるような笑《え》みを向けられて、ようやくこの予定が俺への気遣《きづか》いだと気付く。

部屋の主が外出してしまえば、その間バトラーは少しだけ休む時間を作れる。だからもしかしたら、体が辛《つら》いだけじゃなく、なるべく早く報告に行かなきゃならない俺の状況《じょうきょう》とか、立場とかも考慮《こうりょ》してくれたのかもしれない。

あんなにわがまま放題だった五年前の少年の成長に、俺は微笑《ほほえ》ましいような気分になった。

もちろん、原因を作った張本人であることは間違いないんだけど……でも。

「ありがとうございます」

俺の言葉に、相馬様は驚《おどろ》いたように目を瞠《みは》る。

「いや、礼を言われるようなことじゃない」

淡々《たんたん》とした口調だったけど、耳を少し赤らめて照れたように目を逸《そ》らすところは、少しも子どものときと変わりがなくて、俺はつい笑ってしまった。

そのあとは、とりあえず制服に着替《きが》えて（これも佐伯様がホテルではない別のクリーニング店に出しておいてくれた）玄関《げんかん》まで相馬様と佐伯様のお見送りをした。体はどうしようもなくだるかったけど、これだけはしておかないと……。

「では行ってくる」

「はい。お気を付けになって行ってらっしゃいませ」

車に乗り込むところまで見届けて、そのまま控《ひか》え室に行こうとする。すると、タイミング悪くロビーにいた浅川さんに呼び止められた。

「春名」

「あ……浅川さん……」

いつもだったら嬉《うれ》しくて仕方ないくらいだけど、正直さすがに今は顔を合わせたい気分じゃなくて思わず俯いてしまう。

「体調が悪そうだが……大丈夫《だいじょうぶ》か？」

「は、はい。ちょっと寝不足なだけです。あ、報告の件ですが…」

「ああ。いろいろと聞きたいこともあるが……」

その言葉に、ギクリと身が竦《すく》んだ。

昨夜戻《もど》らなかったことはもちろん、俺ではなく佐伯様から連絡《れんらく》があったことなんかも、絶対突《つ》っ込まれるよな？　一応、佐伯様と打ち合わせは済んでるけど、ちゃんとばれないように誤《ご》魔化《まか》せるかは俺次第《しだい》なんだし、しっかりしないと……。

「――とりあえずは、休みなさい」

俺がよっぽどだるそうだったのか、浅川さんはそう言って俺の頭をぽんと叩《たた》いた。

「仮眠室を使っていいから」

思わず見上げると、綺麗《きれい》で優《やさ》しげな笑顔がそこにあった。ドキッとして目を伏《ふ》せると、労わるような優しい声が降ってくる。そのことにまたドキドキと心臓が音を立てた。

――俺、やっぱりこの人のこと…好きなんだよな…？

目の奥がぎゅっと熱くなって、全《すべ》てを告白してしまいたいような欲求に駆《か》られる。……もちろんそんなことできないんだけど。

「相馬様のお戻りは」

「午後九時のご予定とおっしゃっていらっしゃいました」

「なら、ゆっくりできるな。報告はあとでいいから休みなさい」

「はい。ありがとうございます」

内心ほっと胸をなでおろしつつ頷く。嬉しかったし、それ以上に報告はあとでいいと言われたのには助かった。一度、一人になってちゃんと整理したかったし。

「困ったことがあったなら、そのときにまとめて聞くから。初日から大変だっただろう？」

「い、いえっ、とりあえず大丈夫ですから」

俺は慌てて首を横に振る。

「そうか？　まぁ、何かあったらいつでも言ってくれ。じゃあ、一時過ぎくらいに一度仮眠室のほうへ顔を出すから」

「わかりました」

……何かあったら、か。

ロビーに設置されているコンシェルジュデスクへと向かう背中を見ながら、俺は小さくため息をこぼした。

昨日は確かに一言では言い尽《つ》くせないくらいいろいろなことがあったけど、何があったかなんてやっぱり絶対に、口が裂《さ》けても言えないよな……なんて考えながら。

◇

——翌日。

「おはようございます」

俺はドアを開けてくれた佐伯様に挨拶をしながら、朝食の載《の》ったワゴンを室内に運んだ。

「体調はいかがですか？」

「お、おかげさまでもう平気です。ご心配をおかけして申し訳ございませんでした」

そう返しながらも、俺は顔が熱くなるのを止められない。

俺が体調崩《くず》した原因も理由も知られてしまっているのだから、冷静になれと言うほうが無理というものだ。

けれど、昨日の午後休めたおかげで、体調がよくなったのは本当だった。

心配だった浅川さんとアシスタントマネージャーへの報告も、佐伯様の事前のフォローが効いてほとんど問題なかったし。

もちろんお咎《とが》めが全くなかったわけじゃないけど、始末書を書くような事態にならなかったのは確か。今後の対策として、もう一人バトラーを付けるっていう案が出たけれど、それは相馬様に断られたらしい。

「相馬様は？」

「まだお休み中です」

「では、ご朝食は一旦《いったん》下げたほうがよろしいですか？」

八時でいいっていう話だったから、時間を合わせて持ってきたんだけど……。

「いえ、申し訳ございませんが、隆臣様を起こして差し上げていただけますか？　春名さんに起こされるまでは起きないとおっしゃってましたので」

「……………かしこまりました」

そう答える以外、俺にどんな道があっただろう。

出かけると言う佐伯様を見送ってから、俺はため息をこぼした。

大人になったと言うなら、朝は自分で起きたらどうですか――と言えなくなったという点で自分のほうには変化があったけど、これじゃ五年前とほとんど変わらないじゃないかと思いつつ、俺はベッドルームへと向かう。

ドアを二度ノックしてから、そっと開ける。

中をのぞき込むと、二つ並んだキングサイズのベッドの、ドアから遠いほうが膨《ふく》らんでいるのがわかった。

とりあえずと思って、ぴっちりと閉められた遮光《しゃこう》カーテンをリモコンで開けると、外の光が洪水《こうずい》のように入り込んでくる。

けれど、ベッド上の人物はこれくらいのことじゃ起きないぞと心に決めているみたいに、微《び》動《どう》だにしなかった。

――――たぬき寝入《ねい》りじゃないだろうな？

そう思ったけれど、確かに小さな頃《ころ》も寝起きのいいほうじゃなかったんだよなと思い出して、俺はベッドに近付き、まずはそっと声をかけた。

「相馬様、おはようございます」

相手はやはり動かない。もちろんこれくらいで起きたりしないだろうな、とは思っていたけれど……。

仕方ない、と俺はため息をつきつつそっと布団《ふとん》の上に手を置いた。

ゆっくりと、揺《ゆ》らす。

「朝ですよ。起きてください」

「……ん…」

ようやく小さく反応があった。

「相馬様」

上掛《うわが》けの上のほうを、少しだけ捲《めく》ってみる。五年前のように、ばっと全てを剝《は》ぎ取って耳元で怒《ど》鳴《な》る、なんてことはさすがにできないし。

「起きてください。朝食の準備も調っております」

「んー……りく？」

目が薄《うす》く開いたけど、すぐに眩《まぶ》しいとでも言うかのようにぎゅっと伏せられてしまう。

「相馬様」

少し語調を強くすると、小さく口元が笑《え》みの形に動いた。

「起きろ、って怒《おこ》らないのか？」

掠《かす》れた声で、そう言われて俺は少しだけ眉《まゆ》を寄せる。

「怒りません。寝ていたいとおっしゃるなら、そのまま寝ていてくださってもかまいませんが。いかがいたしますか？」

「起きる……起きるから」

もう一度、目が開く。そして、今度は何度か瞬《また》いてそのまま俺を見上げてきた。

「手を貸してくれ」

「……どうぞ」

引っ張って、とでも言うように差し出された手を、俺は呆《あき》れつつも握《にぎ》った。

「っと、わっ」

そのままぐいっと、思った以上に強い力で引かれて、俺は思わずバランスを崩してしまう。

このままじゃ、相馬様の上に倒《たお》れてしまう——と焦《あせ》ったんだけど。

「おはよう」

力強い腕《うで》に支えられ、ちゅっ、と唇《くちびる》にキスされて俺は目を見開いた。

「っ……な、なにをするんですかっ」

「おはようのキスだ。挨拶《あいさつ》だから構わないだろう？」

微笑《ほほえ》まれて、かーっと顔が熱くなる。

確かに子ども同士がするようなたわいないキスだったけど、日本人の俺にとってはキスはキスなわけで……。

「挨拶のキスも受け取ってくれないのか？」

そんな風に訊《き》かれると、ぐっと言葉に詰《つ》まってしまう。

考えてみれば、アメリカでずっと暮らしていた相馬様にとって、これは当たり前のことなんだよな。もちろん一昨日《おととい》あんなことをしておいてどの口が言うか、という気もしないわけじゃないんだけど……。問題なのはむしろ一昨日あんなことがあったばかりの相手にキスされて、恐怖感《きょうふ》とか嫌悪感《けんお》を感じずに顔を赤くしている自分だろう……。

「どうしても嫌《いや》なのか？」

ぐるぐる悩《なや》んでいるところに畳《たた》み掛《か》けるように訊かれて、逃《に》げ出したくなった。けど、もちろんそんなわけにはいかない。

「陸？」

だから、そんな悲しそうな顔をされると困るんだって！

「……挨拶のキス、だけですからね」

結局俺はそう言って、諦《あきら》めのため息をついたのだった。


食後の紅茶をカップに注《つ》いでいるときだった。

「外に出たいんだが、付き合ってもらえるか？」

相馬様の言葉に俺は即座《そくざ》に頷《うなず》く。

「かしこまりました。観光ですか？」

「ああ、そうだ」

ホテルのサービスの一つとして、ショッピングバトラーというものがある。これはショッピングや観光のプランをお客様の希望に添《そ》って考えるだけでなく、外出先でもホテル内と同じように手助けするのが主な仕事だ。主には国外からいらっしゃった方のためのサービスで、ツアーコンダクターに近い。

もちろん初めての仕事だけど、今回は外出時も俺が担当すると最初から決まっていたから、レクチャーは受けているし、緊張《きんちょう》はするけど戸惑《とまど》いはなかった。

「観光――と言えば観光だな」

「いくつか参考になるプランの載ったパンフレットがございますので、お持ちしましょうか？」

「いや、プランはもう決まっている」

あっさりと答えられて、少し拍子抜《ひょうしぬ》けする。

もちろん楽でいいと言えばいいんだけど。ただ、お客様の考えるプランには、ときどき時間的に無理なスケジュールになっているものがあるから、機嫌《きげん》を損《そこ》ねないように気を付けつつ事前に聞いて、場合によっては調整したほうがいいと言われたことを思い出した。

「どういったプランかお聞かせ願えますか？」

「たいしたものじゃない。テーマパークへ行きたいんだ」

「テーマパーク……ですか」

意外な答えに俺は目を瞬《しばた》いた。

でも、そう見えなくても相馬様は十七歳なんだし、そういう選択《せんたく》もおかしくはないよな。一人で行きづらい場所というのも確かだし――物凄《ものすご》く似合わないのも確かだと思うけど。

「何か問題があるのか？」

「いえ、ございません」

時間的に問題のある場所ってわけでもないし。実を言うと俺、絶叫《ぜっきょう》マシンが大好きだから仕事といえどもちょっと楽しみだったりして……。

「出発は何時にいたしますか？」

「一時間後に。車の手配を頼《たの》む」

「かしこまりました」

そう言って朝食の食器が載《の》ったワゴンを下げてから、俺はとりあえず外出の報告をしようと、浅川さんの元へ向かった。

「テーマパーク？」

俺の報告に、浅川さんは驚《おどろ》いたように目を見開いた。

やっぱり意外だよな、と俺は内心苦笑《くしょう》しつつ頷く。

「はい。付き合うようにということだったので、これから行ってきます」

「そうか……だが、大丈夫《だいじょうぶ》なのか？　ショッピングならともかく、ああいった場所は疲《つか》れるだろう？　なんならほかの人間をつけても……」

心配そうに眉根《まゆね》を寄せる表情に、胸がほんわりと温かくなる。そして、気にかけてもらえたことが嬉《うれ》しくて、俺はますます頑張《がんば》ろうっていう気になってしまう。

「ありがとうございます。でも、これも仕事ですから」

「……そうだな。パークのチケットのほうはこちらで手配しよう。出る前に確認《かくにん》しにきてくれ」

「わかりました」

頷いて、今度はフロントの同僚《どうりょう》にハイヤーの手配を頼みに行く。

「いいけど、相馬様ってお車あったんじゃなかった？」

「あれ？　そう言えば」

来たときも車だったし、昨日も佐伯様の運転する車で出かけてたよな？

「付き人の人がいないからだと思うけど……」

十七歳だし、自分で運転ってわけにはいかないだろうし。何より、車用意してくれって言われたのは確かだから大丈夫だと思うけど。

「そうなんだ。わかった、手配しとく。頑張ってね」

「ありがと」

俺はその声に小さく手を振《ふ》って、外に出るための支度《したく》を調《ととの》えるべく控《ひか》え室に向かう。

さすがに燕尾服《えんびふく》のまま、ホテルの外へ出るわけにはいかない。だから、そういったときのために外出用の別の制服が用意されているのだ。

見た目は普通《ふつう》のスーツで、胸ポケットの部分にホテル名が小さく縫《ぬ》い取ってあるだけだから制服には見えない——んだけど、テーマパークじゃ、悪目立ちしそうだよな…。

小さくため息をついて、俺は控え室にある本棚《ほんだな》からテーマパークの紹介《しょうかい》が載っている雑誌を取り出した。

以前はよく行っていたとはいえ、ここ数年は忙《いそが》しくて全然行ってないから、その間にアトラクションも増えてるし、いろいろとチェックしておいたほうがいいだろう。

なんて大義名分を掲《かか》げつつ、俺はうきうきとページを捲《めく》ったのだった。


「それにしても……」

「なんでしょうか？」

ハイヤーの後部座席に並んで座りながら、俺をじっと見つめる相馬様の視線に首を傾《かし》げる。

本当は助手席に座ろうとしたんだけど、相馬様にむりやり隣《となり》に座らされたのだ。

「スーツ、似合わないな」

「ほっといてくださいっ」

自分でも思っていることを指摘《してき》されて、俺はついついそう言い返していた。

しまったと思って口を閉じても後の祭り。駄目《だめ》だ駄目だと思うんだけど、なんかこの人に対してはつい口が緩《ゆる》みがちになってしまうんだよな……。

ちなみにそういう相馬様の服装は、コットンパンツに薄手《うすで》のニット、ラフなジャケット。スーツ姿よりは若く見えるけど、それでもやっぱり大学生の域で高校生にはとても見えない。

「どこに行くかわかっているのか？」

「もちろん承知しております」

わざとすまして答えてやると、案の定呆《あき》れたようなため息が返ってくる。

「……行き先を変更《へんこう》する」

「え？」

驚いて俺は声を上げたけど、相馬様は頓着《とんちゃく》せずにドライバーにここから一番近いデパートへ向かうようにと指示を出した。

「あ、あの」

まさかと思うけど……。

「一着プレゼントさせてもらう」

「困りますっ」

そんなことを言い出すんじゃないかと思っていた俺は、即座に言い返したけれど、それで納《なっ》得《とく》するような相手じゃない。

「そんな堅苦《かたくる》しい格好のままでは俺が落ち着かないんだ。文句は言わせない」

その言葉が終わるか終わらないかのうちに、車はデパートへ到着《とうちゃく》してしまった。

相馬様は運転手に待つように告げると、俺を引きずったまま開店直後のデパートへ足を踏《ふ》み入れ、紳士《しんし》服の階へと向かう。

「相馬様っ」

声をかけても、完全に無視。

おまけにショップに入るとぱっぱっといくつかの服を手にとって、店員へと渡《わた》していってしまう。

「あ、あのっ、相馬様、困りますっ」

俺はそれを見ながら、何度目かもわからない呼びかけを繰《く》り返した。

するとようやく相馬様が動きを止めて、俺を振り返る。

「――――陸の仕事は、俺の滞在《たいざい》を快適なものとすることだろう？」

「そ、そうです」

言い聞かせるような口調に、俺はこっくりと頷《うなず》く。

「そんな格好でいられると堅苦しくて、こっちが参ってしまう。快適以前の問題だ」

ひょっとして機嫌を損ねてしまったんだろうかと思ったけれど、そう言った相馬様の表情はどこか悪戯《いたずら》っぽいものだった。

けれど、ここまで言われたら俺に断ることができるわけもない。確かに俺の仕事は「お客様に快適にご滞在していただくこと」なのだ。

「わかったらさっさと着替《きが》えろ」

「……かしこまりました」

結局、俺はいつも通りの言葉を返して、試着室へ入るハメになってしまった……。

本当にいいんだろうか？

ショッピング中にお客様から何か買ってあげると言われた場合は、チップと同じで頂けないとやんわり断るようにということだったけど。

　実際、チップだって断りきれないこともあるし、固辞してクレームになるのはもっと好ましくないから、その辺はみんな上手《うま》くやっている。多く貰《もら》ったときは、お菓子《かし》とか買って同僚にも分けたりしてる――――けど、この場合は分けるも分けないもないよな……。

　ため息をつきつつ、俺は渡された服を広げた。

　相馬様の選んだ服は、普段《ふだん》休日に俺が着ているものとデザイン的にそう変わらない。でも、こういう格好をすると俺、必ず実年齢《じつねんれい》より下に見られるんだよ。今回も相馬様と並んだら、下手したら俺のほうが年下に見えるかもしれない。そう思うとさすがに落ち込む。

　とはいえ、今更《いまさら》どうにもならないし。

「よいしょっと…」

　ぐちぐちと考えつつも、俺は覚悟《かくご》を決めてさっさと着替えてしまうことにした。

　Vネックの七分のシャツに、半袖《はんそで》のシャツを重ねて……コットンパンツは切り替えが少し変わっていてかっこよかった。

　けど、これだったら自分でも欲しいかも、と思って値札を見てびっくりする。

「――――――高っ！」

　これって、俺が服に金かけないタイプだからそう思うだけ？

　くらくらしつつ、穿《は》き替えてカーテンを開けると、店員さんがタグを切った靴下《くつした》を渡してくれた。見れば足元にはすでに俺の履《は》いてきた革靴《かわぐつ》はなく、スニーカーが置かれている。

俺は諦《あきら》めの境地で、無言のまま靴下を履き替えて用意されたスニーカーを履いた。

「ああ、可愛《かわい》いな」

顔を上げた途端《とたん》、満面の笑みで迎《むか》えられて脱力《だつりょく》してしまう。

だから、俺のが年上なんだっての……。

おまけに店員にまで「似合いますよ、ご兄弟ですか？」なんて訊《き》かれて、俺はますます落ち込んでしまった。だって絶対、俺のほうが弟だと思われてるとしか思えない口調だったんだ。

「サイズは大丈夫《だいじょうぶ》か？」

「はい、それは大丈夫ですけど」

こんな高いのを買ってもらうわけにはいかない、と言おうとしたけど、店員の前で言うのもな…と一瞬躊躇《いっしゅんちゅうちょ》するうちに、タグが取られ、あっという間に会計までが終了《しゅうりょう》してしまった。

「ありがとうございました」

笑顔の店員から、ショップの袋《ふくろ》に入った制服と靴を受け取りながら、次第《しだい》に俺は「あーもーどうにでもなれ！」という気分になってくる。

だって、きっと今日一日ずっとこんなことの繰り返しなんだろうし。いちいち悩《なや》んでたら身が保《も》たない。

「さてと、気を取り直して行くか」

「はい」

頷きながら、俺は改めて覚悟を決めた。


テーマパークはそこそこ空《す》いていた。

平日だし、先日連休が終わったばかりだからかもしれない。

「どういたしますか？　お好きな乗り物から回りましょうか？」

俺は久々のテーマパークに自分のテンションが上がり始めていることを自覚しながらも、努めて落ち着いた口調でそう訊いた。

「こういった場所には初めてきたから、勝手がわからない。陸に任せる」

「そうですか。かしこまりました」

初めてか。じゃあ、あれとあれは外せないよな……と、俺は頭の中でぱぱぱっとコースを組み立て始める。

「何か苦手なものはございますか？　スピードの速いものとか、高度が高いものとか……」

「陸」

「はい？」

「苦手なものはない。だから陸の勧《すす》めるものでいい。ただ……」

ただ？

「ここには今、佐伯はいない。他《ほか》のホテル関係者もいない。俺と陸の二人だけだ」

「……はい」

そうだけど。それが何だと言うんだろう？

首を傾《かし》げながら、俺は相馬様の顔を見つめる。

「だから、敬語はやめろ。以前のように――いや、友人にするように話せ」

「そのようなことは……」

「できないとは言うな」

言い切られて、俺は言葉に窮《きゅう》した。

だって俺は、『できない＝NO』と言わないのがホテルマンの仕事、そう叩《たた》き込まれてきているのだ。

勿論《もちろん》、他のお客様なら迷わずに断っただろう。今までだって「もっと気楽にしゃべってくれていい」と言われたことはあるけど「けじめですから」と言えばお客様は苦笑《くしょう》しつつも許してくれた。でも……。

「わかった。そうする」

俺はしぶしぶ頷いた。さっき悩まないって覚悟を決めたばかりだったし、断ったところで納得する相手じゃないことは先刻承知だ。

けれど、そんな俺に相馬様は破顔した。

「ああ、よろしく頼《たの》む」

それが本当に嬉《うれ》しそうな笑顔《えがお》だったので、俺は不覚にも一瞬見惚《みと》れてしまった。

「っ…そ、それでどうするんで――どうする？」

「だから、お前の勧め通りでいいと言っている」

笑われて、顔が熱くなる。

あーもう、なに焦《あせ》ってんだよっ！

自分を叱咤《しった》しつつ、俺は俺が一番好きなアトラクションへとまずは向かうことにした。

アトラクションの待ち時間は、大体全《すべ》て最高で三十分待ちくらい。とりあえず一つ目に乗った後は、最近出来たばかりのジェットコースターに乗って、それから昼食をとることにした。

――――にしても。

どこにいても、なにしてても、キラキラしてるよな……。

ホテルにいるときもだけど、こうやって遊園地の安っぽくも健全な空気の中にいると、ますますそのキラキラが目立って見える。さっきっから、周囲の視線が鬱陶《うっとう》しいくらいだ。

食べてるものだって、俺と同じパーク内のワンプレートランチなのに、最高級フランス料理みたいに見えるから不思議だ。

「なんだ？」

思わず笑ってしまった俺を、相馬様は怪訝《けげん》そうに見つめた。

「いや、似合わないと思って」

十七歳なんだから、本来もっと似合ってもいいはずなのに。

「陸が似合うから問題はないだろう」

「なんだよ、それ。俺が子どもっぽいってことか？」

さらりと返された言葉に、俺はむっとして言い返す。

「そういうわけじゃないが、楽しそうだ。絶叫《ぜっきょう》マシンが好きなんだろう？」

「――やっぱりわかるか？」

ま、これだけ浮《う》かれていれば、当然わかってしまうよな……。

「わかったというか、知っていた。五年前にそう言っていたからな」

「え？」

そうだっただろうか…⁇

「よく覚えてるよな、そんなこと」

五年も前のことだし、俺はすっかり忘れていたのに。

「陸の言ったことなら、全部覚えている」

「っ……」

さらりと言われた言葉に、俺は思わず言葉を失った。

だから、何で、そういうこと言うかなっ！

聞いた俺のほうが恥《は》ずかしくなって、顔が熱くなったというのに、言った本人はけろっとしているのが信じられない。

若いってことなのかもしれないけど——と考えて、自分が十七歳のときには、口説き文句なんて赤面せずには言えなかったよな、と思い直した。

やっぱりこいつって普通《ふつう》じゃない……。

「どうした？」

「なんでもない。……そ、それより、なんか新しい事業始めるとか言ってたけど、こんな遊んでて大丈夫なのか？」

これ以上そんな会話を続けることに耐《た》えられず、話を逸《そ》らす。

「ああ、今は連絡《れんらく》待ちも兼《か》ねて休暇《きゅうか》なんだ。休暇なんて久々だから、嬉しい」

そう言って苦笑する相馬様に、それは俺も一緒《いっしょ》だな、と思う。

ホテルって本当にシフトがきついから、この仕事について以来なかなか思うように休暇が取れなくなっていた。

半休とかはあるけど、丸一日休みっていうのがなかなか取れなかったり、夜勤明けに休みだと思ったら催事《さいじ》があって駆《か》り出されたり。

好きでしている仕事だけど、やっぱり疲《つか》れないわけじゃない……。

そこまで考えてふと、相手がまだ十七歳だってことを思い出した。

俺が十七歳のときって、まだ高校生で、バイトはしてたけど長期の休みだってあるのが当たり前だったのに、相馬様はもう働いているんだよな？

これも全部、俺が『大人になったら』と言ったせいなのか？

もしそうだとしたら、俺はこいつに取り返しのつかないことをしてしまったんじゃないだろうか？　子どもでいられるはずの時間を、俺のせいで取り上げてしまったんじゃないか？

俺が言った何気ない言葉が、相馬様の人生を変えてしまったんだとしたら……？

「…………」

俺は思わず俯《うつむ》いて、テーブルを見つめた。不安と、後ろめたさで心臓が痛くなる。

だけど――すごく申し訳ないって思う反面、そこまで想《おも》ってくれていたという事実がどこか嬉しいような気もしていて……。

そんな自分の気持ちに、ぎょっとして俺は手にしていたフォークを落としそうになった。

嬉しいって……なに考えてんだよ!!

俺が好きなのは浅川さんのはずだし、大体単に好意を寄せられてるレベルならともかく、あんなことまでされておいて、のんきにもほどがあるっていうか――我ながら呆《あき》れる。

「陸？　どうかしたのか？」

ため息をつくと、すぐさま相馬様に心配そうに声をかけられて、俺は黙《だま》って頭を振《ふ》った。

「……なんでもないです」

「そうか？」

「はい」

言葉を返しつつ、俺は紙コップに刺《さ》さったストローを口にする。

「ならいいが。このあとはどうする？」

相馬様の言葉に、俺は気持ちを切り替《か》えようと、テーブルの横に地図を広げた。そんなに込《こ》んでいないから、急がなくてもまだいろいろと乗れるだろう。

「とりあえずはさっき込んでいたところにもう一度行ってみるとして、次は……どこか行きたいところはないんですか？」

「陸の好きな場所へ行きたい」

「………っ」

思わずテーブルに突《つ》っ伏《ぷ》したくなるのを、俺はギリギリで耐えた。

またそういうことを言うし、この人は！

「あぁそうですか」

「そうだ」

極真面目《ごくまじめ》に返ってきた返事に、本格的に気が抜《ぬ》けてしまう。

ちらりと視線を上げて窺《うかが》えば、似合わない紙コップのコーヒーを持ち上げ、にっこりと極上の笑みを浮かべていた。

周りに座っていた女性客の視線が、瞬時《しゅんじ》にそこへと吸い寄せられていく。

なんで……こんなやつが俺を好きだなんて言うんだろう？

こんな、キラキラしてて大金持ちのお坊《ぼっ》ちゃんで、頭も顔もいいのに。なにを好き好んで、極普通の、特にこれといってとりえもない九歳も年上の男なんかを好きだと言うんだろう？

刷《す》り込み、みたいなもんなのかな？

ありえないことじゃないよな。きっと、思春期にありがちな思い込み、みたいなものなのかもしれない。

俺は、もう一度こっそりため息をこぼしたのだった。

◇

相馬様がバスを使っている間に、夕食のセッティングをすることになっていた俺は、ワゴンを部屋に運び入れようとドアを開け、近くにあった人影《ひとかげ》に驚《おどろ》いて目を見開いた。

「佐伯様……おいででしたか」

「ええ、たった今。夕食ですか？」

「はい」

こくりと頷《うなず》いてから、ワゴンを中へ入れる。

「隆臣様は？」

「バスルームにいらっしゃいます。準備ができたらお呼びするよう申し付かっております」

あのテーマパークに行った日から一週間。あのとき言っていたことは本当だったらしく、翌日に電話が入るとすぐ、相馬様は忙《いそが》しくなった。

朝早くから会社へ向かい、帰りは日付が変わるころにやっと戻《もど》ってくるといった日もあるくらいで、ウィークデイはもちろん、週末も休んでいる様子はない。

そのことに俺は、どこかほっとしていた。

仕事が楽だからとかそういうんじゃなくて、やっぱり全然違《ちが》う世界の人間なんだってことを再確認《かくにん》できたから……。

「そうですか。では、私もしばらく待たせていただきましょう」

「お飲み物をご用意いたしましょうか？」

「いえ、私は自分で勝手にやりますから気にしないでください」

そう言うと、佐伯様はミニバーから天然水のボトルを取り出してきて、ソファへと掛《か》けた。

忙しいのは佐伯様も同じなんだろうけど、もう夜も十一時近いというのに、見た感じは朝と全く変わらず、疲れた様子もない。

すごいよなぁと内心感心しつつ、俺はテーブルにクロスをかけ、料理を載《の》せていった。

「お忙しそうですね」

「ええ、まぁ今はいろいろと始まったばかりというせいもありますし……。ですが、隆臣様が張り切っていらっしゃるので私は随分《ずいぶん》楽ですよ」

佐伯様は、本当か冗談《じょうだん》かわからないような口調でそう言って、にっこりと微笑《ほほえ》む。

「あの方は本来、どんなことでも一人でできてしまうんですよ。私はあくまで補佐《ほさ》と、あとは隆臣様のやる気を出させるのが仕事ですからね。今回はあなたのおかげで助かっています」

「は？」

「とにかくやる気が違いますから。今まで遠くにぶら下がっていたにんじんが、鼻先まできている状態というか……」

……上司に向かってその表現はありなんだろうか？　もっとも、子どもの頃《ころ》からお守《も》りをしていればこその、兄的見地なのかもしれないけど。

佐伯さんは俺の少し呆れたような視線に気付いたのか、苦笑《くしょう》した。

「すみません。にんじんだなんて、失礼でしたね」

「いえ」

そうじゃないだろと思いつつ、俺は言葉に出さない。

「けれど、今までもあなたが彼の原動力だったことは間違いありませんよ。私は隆臣様のやる気がなくなるたびに、あなたの写真を空輸したり、予約確認の電話の声を録音したり――と、ああ、これはオフレコでした」

そう言われても、俺にはなんの言葉の返しようもなかった。

写真？　声？　いつの間にそんなことを……金持ちって恐《おそ》ろしい。

相馬様も十分おかしいけど、主人のためと言って自主的にそんなことをしてしまうこの人も大概《たいがい》どうかと思う。男の写真や声なんかで、一体どうしたら主が喜ぶと思うんだ？

そう思っているはずなのに、なぜか頬《ほお》はどんどん熱くなっていく。

「準備が調《ととの》いましたので、相馬様をお呼びして参ります」

「ええ、よろしくお願いします」

慌《あわ》てて俺は赤くなった顔を隠《かく》すようにして、インターフォンへと向かうと、バスルームの内線番号をプッシュする。

けれど何度もコール音がするのに、一向に出る気配がない。一度受話器を下ろしてから、もう一度掛けてみたけど駄目《だめ》だった。

シャワーで音が聞こえてないのか、それとも……。

俺は受話器を置いて、バスルームへ向かい、そのドアをノックした。

「相馬様、ご夕食の準備が調いました」

しばらく待ってもう一度ノック。けれど、やはり返事はない。

「相馬様——失礼いたします」

仕方なく覚悟《かくご》を決めてそっとドアを開けると、俺の予想通り、相馬様はバスタブの中で眠《ねむ》り込んでいた。

こんなことじゃないかと思ったんだよな。

あんなに疲《つか》れて帰ってきたというのに、今の時間から温かい湯になど浸《つ》かったら絶対にバスタブの中で眠ってしまうに決まっているのだ。

疲れたから入りたいという気持ちもわかるけれど、こうなるからこそ明日の朝にしてはどうかと言ったのに言うこと聞かないんだもんな。

とりあえず、溺《おぼ》れないようにいつもより少し湯量を少なめに準備しておいて、よかったかもしれない。

「相馬様、起きてください」

声をかけると、すっかり血色のよくなった瞼《まぶた》がぴくりと動いた。

「こんなところで寝《ね》ていると風邪《かぜ》をひきますよ」

肩《かた》にそっと手をかけると、目が上手《うま》く開かないのか何度か瞬《まばた》きを繰《く》り返す。

やっぱり少し可哀想《かわいそう》な気がする。まだ十七歳なのに、いくらなんでも頑張《がんば》りすぎじゃないだろうか？

『今までもあなたが彼の原動力だったことは間違いありませんよ』

――でも、佐伯様のあの言葉から考えると……やっぱり、これも俺のせいなのか？

そう思った途端《とたん》、ちくりと罪悪感が胸を刺《さ》した。

「相馬様…」

「ん？　ああ……陸か」

思わず名前を呟《つぶや》くと、それに応《こた》えるようにして、無防備に微笑みながら相馬様がゆっくりと瞼を上げる。

「――ほら、起きてください」

「ん……なんで敬語なんだ？　佐伯がきているのか？」

寝ぼけていても、頭は回っているらしい。

二人のときは敬語を使わないようにと、なし崩《くず》しに了承《りょうしょう》させられてしまって以来、俺が敬語を使うのは周囲に第三者がいるときに限られてしまっていた。こんなことでいいのだろうかと疑問に思わなくはないけれど「お客様のためだろう」と言われてしまえば、反論もできない。

「ええ。リビングでお待ちです」

「そうか、わかった」

こくりと頷《うなず》いてバスタブから出ようとする相馬様に動揺《どうよう》し、俺は慌てて踵《きびす》を返す。

「では、リビングでお待ちしております」

なんとかそれだけは言って、バスルームを出た。

「焦《あせ》った……」

同じ男なんだし、裸《けだか》を見て焦る必要はないと思うんだけど……。それを抜《ぬ》きにしても、やっぱりあんなことがあった現場だと思うと、心臓がドキドキして顔が火照《ほて》ってしまう。

普通《ふつう》こういった場合、襲《おそ》った相手に恐怖感《きょうふ》を感じたりするもんなんじゃないのか？　なのに何で俺は、初恋《はつこい》のウブな乙女《おとめ》よろしく相手の裸見てドキドキしたりしてんだよ？

「はぁ……もう何なんだ一体…」

混乱する頭を落ち着かせようと深呼吸を数回繰り返しながらリビングへと戻ると、すぐに佐伯様が声をかけてきた。

「隆臣様は？」

「もうすぐいらっしゃいます」

佐伯様の言葉に答えつつテーブルセッティングを確認していると、バスローブ姿の相馬様がバスルームから現れた。髪《かみ》も、バスローブから突《つ》き出た膝下《ひざした》もまだ濡《ぬ》れている。

「なんだ？　なにか問題でもあったのか？」

そして、そのままの格好でどさりとソファへ腰掛《こしか》けると、億劫《おっくう》そうに佐伯様を見た。

「ええ、実は——」

仕事の話、だよな？　ってことは食事はその後だろうし、先にバスルームの後片付けでもしてこよう。

そう思ってバスルームに向かった俺は、散らかし放題の浴室と、足拭《あしふ》きマットが置いてあるにもかかわらずびしょ濡れになった廊下《ろうか》を見てため息をついた。

きちんとした掃除《そうじ》は日に一度担当者がすることになってるけど、その仕事が入る前に、お客様がもう一度使用する場合を考えて、見苦しくないように整えておく必要がある。

俺は、バスタブの湯を流し、壁《かべ》の泡《あわ》を落としてびしょ濡れの床《ゆか》を拭《ふ》き、使用後のタオルをランドリー用に設置されたかごへと入れる。

「よし、こんなもんだろう」

あれだけ疲れているのなら、もう一度風呂《ふろ》に入るなんてことはないとは思うけど、一応このくらいやっておけば大丈夫《だいじょうぶ》だよな。

「相馬様、お話は終わられましたか？」

シンとしたリビングを訝《いぶか》しげに思いつつ戻《もど》ると、佐伯様はすでにいなかった。おまけに、ソファの上では、相馬様が一人転寝《うたたね》をしている。

「風邪をひかれますよ。せめて、髪を拭いてからにしてください」

俺はそう言いながら、相馬様の肩を軽く揺《ゆ》すった。

「ん……」

相馬様は小さくうめき声を返し、なんとか目を開けようとしているのだろう、目元を何度か擦《こす》った。その、どこか幼いような仕種《しぐさ》に、俺はどうしようもないような気分になる。

結局それ以上何も言えなくて、俺は踵を返してバスルームにある新しいタオルを取ってくると、せめてと思い相馬様の髪を拭《ぬぐ》い始めた。

「……昔、みたいだな」

「起きましたか？」

掠《かす》れた声に、なぜか大きな声を出す気にはなれなくて、俺は囁《ささや》くようにして返した。

「まだ夢の中にいるような、気がする…」

その言葉に俺は苦笑した。同時にまた少し、胸が痛む。

昔、と言ってもそれはたかだか五年前の話で、こうして髪を拭いてやることだって、たいしたことじゃない。なのに、物凄《ものすご》く大切なことみたいに言わないで欲しい。

「……拭き終わったよ。今日は夕食は諦《あきら》めて寝たほうがいい。ほら」

俺はタオルをソファが濡れないように横の台へ置くと、相馬様の腕《うで》を引いて立ち上がらせる。

「運んでやることはできないから、自分で歩いて。肩貸してやるから」

「ああ。ありがとう」

そうして何とかベッドルームまで相馬様を連れて行くと、相馬様を寝かせる。

「朝食はいつもの時間？」

「ああ」

「わかった。じゃあ、ゆっくり寝て」

「…………」

「おやすみ」

そう言ってベッドから離《はな》れようとした俺を、相馬様の腕が引き止めた。

「――――どうした？」

驚《おどろ》いて顔を覗《のぞ》き込むと、さっきまでのけだるさのない目がまっすぐに俺を見ていた。

「行かないでくれ。ここに――――朝まで一緒《いっしょ》にいて欲しい」

ドキッと心臓が強く脈打った。

掴まれた腕から放熱しているみたいに体中が熱くなって、俺は何も言えずに震《ふる》えている自分の指先を見つめる。

「駄目《だめ》なのか？……陸」

名前を呼ばれてぎゅっと目を閉じた。もうこれ以上、相馬様の目を見ていられない。

何で？　何で俺はすぐに駄目だって言わないんだろう？

駄目だって言って、さっさと寝ろって言って、腕を振《ふ》り払《はら》って……。

「陸」

名前を呼ぶ声がすぐ近くでして、そっと窺《うかが》うように柔《やわ》らかいものが唇《くちびる》に触《ふ》れた。

それが相馬様の唇だってことは、挨拶《あいさつ》だと言われて何度も触れられたことがあるから、目を開けなくてもわかる。

だけど、キスされたとわかっても俺は動けなかった。

理由なんて自分でもわからない。ただ苦しくて、痛くて……。

結局、相馬様の腕が俺の体を抱《だ》きこむようにしてそっとベッドに横たわらせたときも、目を開けることができなかった。

「陸……」

耳元で名前を呼ばれて、ぞくりと体が震える。

さっきまでの、子どものように安らいだ声とは全然違《ちが》う、情欲に濡れた声。

最初に靴《くつ》がベッドの下に落とされたかと思うと、次いでキスの合間に燕尾服《えんびふく》の前があっという間にはだけられ、シャツごと剝《は》ぎ取られる。

胸を辿《たど》る指、濡れた舌。どちらも以前お湯の中で与《あた》えられたのとは感触《かんしょく》が全然違った。

「あ……」

胸全体を撫《な》でていた手のひらが、ズボンを下着ごと足から抜き取って、それからゆっくりと靴下《くつした》を脱《ぬ》がした。

無防備になった足先に触れられて、思わず逃《に》げるように膝《ひざ》を引き寄せてから、自分がとんでもない体勢になっていることに気付く。

素《す》っ裸《ぱだか》で、片膝を立てて――。

けど、慌《あわ》てて身を捩《よじ》ろうとしたときにはすでに、足の間に相馬様の体が入り込んでいた。バスローブの感触はすでにない。膝頭《ひざがしら》が素肌《すはだ》に触れたことにうろたえたけど、膝を開くこともできなくて、俺はきゅっと唇を嚙《か》んだ。

「陸……目を開けてくれ」

俺は黙《だま》って首を横に振った。

少し逡巡《しゅんじゅん》するような気配があって、かちりという音と共にまぶたの裏が明るくなる。

「っ……」

ベッドヘッドのランプが点《つ》けられたのだとわかって、俺はますますうろたえた。

さっきまではリビングから入る明かりだけが唯一《ゆいいつ》の光源で、ドアから少し離れたベッドまでは大して光が届いていなかったはずだ。

だけど、これじゃ……。

俺はあまりの恥《は》ずかしさに、顔を腕で覆《おお》った。

「電気、消せよっ」

「陸が目を開けてくれるなら消してもいい」

あっさりと返されて、言葉に詰《つ》まる。明かりが点いているのは耐《た》え難《がた》いほど恥ずかしいけれど、正直目を開けて現実を直視するほどの勇気もないのだ。

俺が何も答えられずにいると、相馬様は諦めたように一つ吐息《といき》をこぼして愛撫《あいぶ》を再開する。手のひら全体で揉《も》み込むように胸を弄《いじ》られて、同時に首筋から鎖骨《さこつ》にかけてキスをされ、軽く歯を立てられた。

「あっ……あっ」

指が胸の一点をはじくと、思わず声が漏《も》れてしまう。そのまま摘《つま》み上げられて、指の先でクリクリと回されると下半身にまでジンとした痺《しび》れが伝わった。

「陸は敏感《びんかん》だな……可愛《かわい》い」

「やぁ……っ」

ちゅっと、湿《しめ》った音がして左胸の乳首《ちくび》を濡《ぬ》れたものが弄る。濡れた——おそらく舌で嘗《な》め回され、吸い上げられてびくびくと体が跳《は》ねた。舌先でえぐるようにされると、自分でも恥ずかしいような声が出てしまう。

そんな場所で感じてしまう自分が嫌《いや》で、顔を覆っていた腕を下ろし胸元《むなもと》をかばった。けど、指の間までぬるぬるした舌で舐《な》められて手のひらが動いてしまい、自分で胸を弄っているような錯覚《さっかく》にとらわれる。

恥ずかしくて、でもだからといって胸から手を離すこともできなくて。そうして俺が煩悶《はんもん》していると、その間に相馬様の手はわき腹をくすぐりながら下へ下へと降りていってしまう。

「ん……やっ、やだっ」

中心をそっと握《にぎ》りこまれ、俺は自分のものがすっかり立ち上がってしまっていたことを知る。上下に動かされて、咽喉《のど》がいやらしく鳴った。

「やっ、離せ…っ、んんっ」

先端《せんたん》をくすぐられ、何度も擦《こす》られて腰《こし》から下が震える。

すると突然《とつぜん》、ずるりと滑《すべ》った手の間に舌が入り込んで、乳首を押し潰《つぶ》した。

「あっ、あっ」

二ヶ所同時に与えられる刺激《しげき》にただ身悶《みもだ》えることしかできなくて……俺は、乳首を軽く噛まれた瞬間《しゅんかん》、ショックで相馬様の手の中で放ってしまっていた。

「ああっ……ぁ」

力の抜《ぬ》けた腕を持ち上げられ、濡れた指を一本一本舐められると、いったばかりで敏感になっている体はそんなことにも反応してしまう。

そして脱力《だつりょく》した腕をベッドにそっと置いたあと、相馬様の手が俺の膝裏をぐっと持ち上げた。

「や……」

腰だけを突《つ》き出すような恥ずかしい体勢に、俺は頭を振る。

「やだ、下ろしてっ…あっ」

狭間《はざま》にそっと指が触れた。さっきこぼしたものでぬるぬるになっているそこを何度も指が辿る。まぶたに触れる明かりに、今そこを相馬様に見られているんだという意識が働いて、いたたまれなかった。

その上……。

「……あっ？」

濡れた、感触がした。

目を閉じたままだから、その部分でなにが起こっているのかは見えない。見えない。が、わからないわけではない。

「や、やだっ、あっ…相馬様…ぁっ」

舐められている。

「ひっ…」

それどころか、舌先が中に入ってきたことには、もう泣きそうになった。

「やだっ、っ…しないで…っ」

「駄目だ。陸を傷付けたくない」

「そんなの…っ、あっやっ」

中のほうまで舐め溶《と》かすようにされて、ぐちゅぐちゅと濡れた音がする。こんなことされるくらいなら痛いほうがまだよかった。

やがて、舌が抜かれたときにはほっとして涙《なみだ》がこぼれそうになったくらい。

だけど、もちろんそれで終わりのはずもなくて……。

「え、っや……あぁっ…」

散々解《ほぐ》された場所に今度は指が、ゆっくりと入ってくる。

痛みはない。ぬるっとした感触。他《ほか》の指がふちに当たるくらいまで入れてから、ぐるりと回されると、物凄《ものすご》い異物感に指をきゅっと締《し》め付けてしまう。

舐められるよりはずっとマシだったけど、それでも恥ずかしいことに変わりはなかった。

「ひっ…やっ……っん、う、動かさないでっ…」

長い指が何度もそこを出入りし、幾度《いくど》となくかき混ぜられる。

そのうちに、俺のそこは少しずつだけど確実に綻《ほころ》び、ときどき指の当たる場所によって、快感を拾うようになった。

ただ広げるだけでなく、快感を覚えさせようとしているのかと思うほど、指は巧《たく》みに動いて俺を追い詰めていく。

「もうやっ……やだ…っ」

こんなことで、おかしくなりそうなほど感じている自分が怖《こわ》かった。

「陸は嫌、ばかりだな。体は気持ちよさそうにしているのに」

言葉と共に指が増やされて、どうしても感じてしまう場所を擦られる。放ってしまいそうなほどの快感をせき止めたのは、相馬様の指だった。

「あまりいき過ぎると体が辛《つら》いだろう？　俺が入るまで待ってくれ」

どろどろになった体内から指が抜かれ、熱いものが押し付けられる。

「あ……」

それが相馬様のものだっていうことはすぐにわかった。

ゆっくりと、けれど確実に押し込まれて、その圧迫感《あっぱくかん》にぎゅっと体に力が入ってしまう。

「陸…大丈夫《だいじょうぶ》だから、力を抜いて」

なだめるような声に、なんとか力を抜こうとするけど上手《うま》くいかない。どうやれば力が抜けるのかもわからなかった。

この前はなにもかもがあっという間で、わけがわからないうちに終わってたから。

「も、いいから、大丈…だから……っ」

この前のように強引《ごういん》に進めて欲しい。こんな風に気遣《きづか》われると、どうしていいかわからなくなってしまう。

なのに……。

「大丈夫じゃないだろう？」

返ってきたのはそんな言葉だった。

「傷付けたくない」

そう言った声は少し語尾《ごび》が掠《かす》れて、深い悔恨《かいこん》が滲《にじ》んでいるように聞こえる。

俺だけじゃなくて、相馬様も辛いんだとわかるような声。なぜか少し泣きたいような気持ちになって、俺はもう一度腕《うで》を持ち上げて顔を隠《かく》そうとした。

「っ……ぁ」

けれど、そうするよりも先に相馬様に腕を摑まれて、抱《だ》きつくような体勢にさせられてしまう。少し角度が変わったせいで引き攣《つ》れたような痛みがあったけど、なぜか少しほっとした。

「辛いなら爪《つめ》を立ててもいいから……ゆっくり息を吐《は》け」

髪《かみ》を撫《な》でられる感触《かんしょく》がして俺は言われた通り息を吐いた。

「あっ……あっ…」

呼吸の合間を縫《ぬ》うように、相馬様のものが入り込んできたけど、もう最初ほどきつくはない。

ただ、熱いような感覚があった。

熱くて、その熱に浮《う》かされたように次第《しだい》に何も考えられなくなっていく。

「…入ったぞ。わかるか？」

そう囁《ささや》かれたときも、俺はただぼんやりと頷《うなず》くことしかできなかった。

痛みはほとんどなかったけど、自分の中が一杯《いっぱい》に開かれて、その中で別のものが脈打っているのがわかる。

「あ……っ、あぁっ」

腰を支えていた手が外れて、そっと前に触《ふ》れた。上下に扱《しご》かれて、忘れていた快感が少しずつ湧《わ》き上がってくる。

「陸……」

名前を呼ばれると、胸が痛くて泣きそうになった。なんなんだろう。どこかが壊《こわ》れてしまったみたいだ。

「は……ぁっ」

中に入っていた相馬様のものが、ゆっくりと動き出す。引き抜かれるときの違和《いわ》感に俺はたまらず声を漏《も》らした。背中に回した腕に、自然と力が入ってしまう。

辛くはなかった。それどころか前に回った手の動きのせいで、その違和感さえも快感の一部であるような気がしてくる。

「んっ…やっ……さわ…な…ぁっ」

その上さっきまで散々弄《いじ》られていた乳首《ちくび》を摘《つま》まれて、ますます快感の比重が高くなった。突き入れるような動きが少しずつ速くなっても、それは変わらない。

「ひっ…あぁっ…っ」

それどころか、さっき指で探《さぐ》られた場所を擦られると、目眩《めまい》がしそうなほどの快感が奔流《ほんりゅう》となって襲《おそ》いかかってきた。

何度も何度も繰《く》り返し中を擦られて、あまりの快感におかしくなりそうだった。

「あっ、あっ、やぁっ…！」

「っ…気持ちがいいのか？」

訊《き》かれて、俺は嫌《いや》だと言うように首を振《ふ》った。そんな風に訊かないで欲しい。大体そんなことを訊かなくても、相馬様はわかってるはずなのに。

相馬様の手の中のものは入れられる前と同じくらい張り詰《つ》めて、快感を主張してしまっているんだから。

どうして？　と思う。どうして俺はこんな風になってしまうんだろう？　今日も――この前だって。

「あ、も……っ」

「陸……っ」

相馬様がどこか切羽詰まったような声で、俺の名前を呼んだ。

「あぁ……っ」

ぐっと腰《こし》を押し付けるように奥を突かれて、俺はそのまま相馬様の手の中へ放ってしまう。

思わず締め付けてしまった体の奥で、少し遅れて相馬様がいったのがわかった。

荒《あら》かった息遣《いきづか》いが次第に穏《おだ》やかなものに変わり、中に入っていたものがずるりと引き抜《ぬ》かれる。

その刺激《しげき》にびくりと揺《ゆ》れてしまった体をなだめるように、前髪《まえがみ》が梳《す》かれる感触がした。

そして、いつの間にか濡《ぬ》れてしまっていた眦《まなじり》に、柔《やわ》らかいものが触れた。ちゅっと、吸い上げられて唇《くちびる》だったことがわかる。

その優《やさ》しい感触に俺は思わず目を開いてしまった。

「陸……」

嬉《うれ》しそうな声。唇よりももっと優しい声が俺の耳朶《みみたぶ》へ響《ひび》く。そして、ぶれていた焦点《しょうてん》が次第に結ばれて——俺ははっと息を飲んだ。

上気した顔、その顔は思わず胸が痛くなるくらい、満足気で幸せそうだった。

俺は何をやってるんだろう?

シャワーを浴びたあと、眠《ねむ》ってしまった相馬様を置いて部屋を出た俺は、混乱した頭を抱《かか》えたまま仮眠《かみん》室へ向かった。

今は何も考えられそうもなくて、とりあえず眠ってしまいたい。

——現実逃避《とうひ》ってやつかもしれないけど。

仮眠室に着いた俺は、とりあえず上着を脱《ぬ》いでハンガーに吊《つ》るした。

やっぱり、少し皺《しわ》になってるな……。

上着を眺《なが》め、思わずため息をついたとき、カチャリ、と小さくドアの開閉音がして、俺ははっとドアを振り返った。

「――……浅川さん」

「お疲《つか》れ様」

「お疲れ様です…」

そう返しながらも、どうしてこういうタイミングで浅川さんと顔を合わせることになっちゃうんだろう、と俺は内心歯嚙《はが》みする。

「今、大丈夫か？」

「あ、はい。報告ですよね。もう今日はお帰りになってる時間だと思って……すみません」

「いや、そうじゃない。そうじゃないんだ……その…」

てっきり仕事の報告をしろってことだと思っていた俺は、言いよどむ浅川さんに首を傾《かし》げた。

「あー……その…。――何か困ったことはないか？」

最終的に浅川さんの口から出たのは、いつもと変わらない言葉だったけど、俺は内心ドキッとする。

ついさっきあったことを、知られてしまったような気がして……。

もちろん、そんなわけないはずなんだけど。

「特にはないです。その…戸惑《とまど》うこともありますけど、大丈夫ですから」

そう言ってから、いつも通りお礼を言おうとして……俺は浅川さんがいつになく深刻な顔をしていることに気付いた。

その上、いつもはどんなときも相手の顔を見て話す人なのに、視線は下へ落ちている。

ひょっとして、俺がなにかしてしまったんだろうか？

いや、確かについさっきあんなことがあったんだけど、でも……それは知られてないはずだし。

「あの……俺のことで何かクレームでも…？」

恐《おそ》る恐る訊くと、浅川さんははっとしたように俺を見て首を横に振った。

「そういうわけじゃない。春名はよくやっているよ。ご本人からも、佐伯様からもクレームはない」

「そうですか……」

だったらなんで？

浅川さんの態度の理由がわからずに、俺は口ごもる。

「実は、だな。今朝方相馬様と同じフロアのお客様に頼《たの》まれてお届け物に行ったんだが……」

「はぁ」

そういえば、二泊《はく》の予定で浅川さん贔屓《びいき》のお得意様が泊《と》まっているんだったっけ。

と、一瞬《いっしゅん》何の話かわからずに気の抜けた相槌《あいづち》を打ってから、俺は嫌な予感がして顔を引き攣《つ》らせた。

朝？

そ、それってまさか……。

「私の錯覚《さっかく》かもしれないが、エレベーターに向かおうとしたときに少し、その…争うような声が聞こえた気がして」

続く言葉から耳を塞《ふさ》ぎたくなったけど、俺は浅川さんを凝視《ぎょうし》したまま、ごくりと唾《つば》を飲み込んだ。

「――春名が相馬様に…キスされていたように見えたんだが……」

「っ……」

決定的な一言に、俺は凍《こお》り付いて動けなくなった。

確かに今朝はドアを開けてから相馬様がいってきますのキスをしたい、なんて言い出したから少し揉《も》めたのだ。本来はホテルの玄関《げんかん》口まで送ることになっているのに、今日はここでいいと言われたときにおかしいと思うべきだったんだろう。

俺は、そんなのどうでもいいから早く行けって言ったのに結局無理やりされて……。

あれを、見られてたのか……。

「あ、あれはそのっ」

俺は咄嗟《とっさ》に弁解しようと口を開いた。

どこまで見られたんだろう？　唇にキスされてるって丸わかりだっただろうか？　それとも頬《ほお》にされたって言って信じてもらえるレベル？

「なんでもないんです、挨拶《あいさつ》って言うか、あの、ふざけてるだけで、ほら、相馬様はアメリカ育ちですから！」

ぐるぐると考えながらも口はとにかくといった感じで弁明を吐《は》き出していた。

「つまり、揉めていると思ったのは私の間違《まちが》いで、春名は嫌がってないってことか？」

けれど、考えて口にしたわけじゃなかったから、浅川さんの問いにあっさり言葉に詰まってしまう。

「そうなのか？」

そんな風に訊かれると困る。だって、まさか嫌じゃない、なんて言えないし……。

「いえ……そういうわけじゃないです。困ってると言えば困ってますけど…」

結局そう答えるしかなくて、俺は浅川さんから目を逸《そ》らした。

脳裏《のうり》に、疲れてバスルームで眠ってしまっていた相馬様がよぎって、胸がちりりと痛む。

「それなら――」

「でも、浅川さんの手を煩《わずら》わせるほどのことじゃないですから」

何か打開案を出そうとしてくれたらしい浅川さんの言葉を咄嗟に遮《さえぎ》ってしまったのは、その胸の痛みのせいだった。

挨拶のキスに関しては譲歩《じょうほ》したのだとはやっぱり言えないけれど、本当は相馬様に無理強《じ》いされているわけじゃない。だから、俺は話が大きくならないように、もう一度大丈夫《だいじょうぶ》です、と繰《く》り返した。

けれど、浅川さんは苦虫を噛みつぶしたような——と言うのとはちょっと違うけど、どこか痛いところがあるみたいな、そんな顔で俺を見ている。

どうしてだろう？　今までだったら、俺ができるって言ったことは、どうしても駄目《だめ》だと思ったら必ず相談しろ、って言いつつも見守ってくれていたのに。

「こんなことを言うつもりはなかったんだが……」

これ以上どう言ったらいいかわからずに沈黙《ちんもく》した俺に、浅川さんは苦しそうな表情を俯《うつむ》けた。

一体なにを言うつもりなのかと俺は浅川さんを見たけれど、浅川さんは何か迷うように俯いたまま俺を見ようとはしない。

「……なんですか？」

「——春名が好きだ」

やっぱり何か注意されるんだろうかと思ってきゅっと手のひらを握《にぎ》り締《し》めた俺は、思わぬ台詞《せりふ》に耳を疑った。

好き……？　浅川さんが俺を？

まるで知らない国の言葉を聞いたみたいだった。どういうことなのか全く理解できなくて、ただ呆然《ぼうぜん》となってしまう。

「私は春名の上司だし、負担になると思って言えなかったが……」

そう言いながら、浅川さんはやっと俺のほうを見た。

けれど、目が合っているというのに、俺にはまるでそれがスクリーンの向こう側の人物と目が合ったような、遠い場所の出来事に思える。

「春名のことが心配なんだ。……いつでも助けてやりたいと思う」

「いつも助けていただいています」

浅川さんの言っていることがどういう意味かわからなくて――わかりたくなくて…俺はできるだけなんでもないことのようにそう返した。

けれど、そんなことで浅川さんの言葉を止めることはできなくて。

「だが、それも全部お前のことが好きだからだと言ったら、軽蔑《けいべつ》するか？」

俺は俯いて、ふるふると首を横に振《ふ》った。

だって、浅川さんは俺を贔屓しているわけじゃなかった。気にかけてもらっているとは思っていたけど、誰《だれ》にだって厳しくて、でも優《やさ》しい、そんな上司だったと思う。俺がいずれコンシェルジュになりたいから、と押しかけて相談をしていたから、周りは俺が浅川さんに懐《なつ》いているって思っていたはずだし、俺だってずっとそう思っていた。

俺の片思いなんだって……。

――片思い？

「だから、挨拶でもキスをされているのを見れば気にかかる」

続けられた浅川さんの言葉に、俺はもう一度顔を上げて浅川さんを見た。

だから……好きだから？

つまりそれは、俺の片思いじゃなかったってことのはずだよな？　いわゆる相思相愛ってやつで……。

なのに、なんでこんなに胸が重苦しいんだろう？

「春名……」

呆然としたまま見つめていると、浅川さんの手がそっと俺の肩《かた》に触《ふ》れた。

ビクッと、大げさなくらい揺《ゆ》れた肩をそのまま抱《だ》き寄せられて……。

「っ……すみませ…」

気付いたときには、俺はその手を思い切り振り払《はら》っていた。……キスされると思って。

「いや、俺のほうこそすまなかった」

苦笑《くしょう》した浅川さんは、怒《おこ》っている様子はなかったけど少し傷付いてるように見えた。

俺の気のせいかもしれないけど。

「返事は急がない。ただ、VIPだから拒《こば》めないと思っているなら、俺がなんとかするから」

そして、それだけ言うと、浅川さんは仮眠室《かみんしつ》を出て行った。

ドアの閉まる音に、俺はその場にへたり込んでしまう。

「…………なんだったんだ……？」

浅川さんが俺を好き？

何度頭の中で繰り返しても、信じられなかった。

けど、もっと信じられないのは自分の気持ちのほうだ。

浅川さんに憧《あこが》れてるって——好きなのかもって思っていたのに。嬉《うれ》しいと思えなかった。

それどころかキスされそうになって拒んでしまった。

ただでさえ混乱していた俺は、もうほとんどパニック状態で……。

「とりあえず寝《ね》よう……」

結局はそう結論を出して、ベッドにもぐりこんだのだった。

◇

翌朝。

俺はいつも通りの仕事ができた。と思う。

朝のミーティングに出て、昨日の報告をして、朝食の準備をして、相馬様を起こして、給仕をして。だけど、やってることは一緒なのに、相馬様は終始上機嫌だった。

佐伯様に「何かあったんですか？」なんて、訊《き》かれるくらいに。

俺が睨《にら》んだから言わないでくれたけど、会社に着く前になにがあったか話してしまいそうな勢いだ。いや、むしろもうばれてるかもしれない。佐伯様は勘《かん》がよさそうだし。

でも、俺の中ではまだ答えが出ていないから、そんな相馬様を見るのは少し辛《つら》い。

なんであんなこと、許してしまったんだろう？

昨夜は結局、疲《つか》れていたのか頭がオーバーヒートしていたのかわからないけど、すぐに眠《ねむ》りに落ちてしまったし、朝は朝でばたばたと準備だの報告だのがあって、考え事どころじゃなかった。だからいつも通りに接することしかできなかった、というのが正直なところなのだ。

そう、いつも通りと言えば、朝会ったときの浅川さんの態度もいつも通りだった。

「…………」

俺は、外出の準備が調《ととの》った相馬様を見つめた。佐伯様は車を回すために先に行ってしまったため、室内には相馬様と俺の二人だけしかいない。

どうしよう……。このままだと絶対、昨日と同じ展開になるはずだ。

だったらいっそ、ドアを開ける前にいってらっしゃい、と言ってキスをしてしまえばいいんじゃないか、と思うけれどそんなこと自分からなんか言い出せない。

だって『ここでキスしませんか？』とか言うのか？　俺が⁇

――言えるわけないだろ！

けど、ドアを開けてから揉《も》めるのは、昨日の二の舞《まい》になりそうで怖《こわ》いし……。

「あ、あのっ」

「何だ？」

「え…と、その、今日はロビーまで送るから……っ」

相変わらず楽しくてたまらないといった表情の相馬様に、俺は半ば必死に言い募《つの》った。けど俺の必死さも空《むな》しく、相馬様はますます相好を崩《くず》していく。

「ああ、悪いな。だが昨日の今日だ、無理はさせたくない。今日は資料の整理を手伝ってもらっているとでも言っておくから、一日ここで休んでいたらどうだ？」

そんな風に言われて、俺はカーッと、顔が熱くなった。確かにあんなことがあって体の節々が痛いしだるいけど……気遣《きづか》われると恥《は》ずかしくて消え入りたくなる。

俺はとんでもないと、首を横に振った。

「仕事は仕事だからっ」

「そうか？　ならよろしく頼《たの》む」

「はい」

俺はこくりと頷《うなず》いてから、先に立ってドアを開けた。

「では、行きましょう――って、ちょっ」

ドアを押さえていた俺は、ひょいっと腰《こし》を抱き寄せられて目を瞠《みは》った。

「さすがに玄関《げんかん》前でするのは目立つだろう？」

言葉と同時に当然のようにキスされそうになって、俺は慌《あわ》てて相馬様から離《はな》れる。

「どうした？」

「どうしたじゃありませんっ」

納得《なっとく》してくれたんじゃなかったのか？

「ロビーまで送るんだし、キスはしませんっ」

声が響《ひび》かないように、小声で言い返すけど相馬様は全くわかってない様子で不思議そうに俺を見ている。

「なぜだ？　別にいいだろう？　昨日はしてくれたのに」

してくれた…って、お前が無理やりしたんだろっ！

俺は再び抱き寄せようと伸《の》びてくる腕《うで》を、焦《あせ》りつつもできるだけそっと払った。

こんな押し問答してるところを、また誰かに見られたらどうするんだよっ！

「とにかく駄目《だめ》です」

「なんだ、今日はいやに強硬《きようこう》だな」

「それは――――……」

「――お客様が相手だからといって、我慢《がまん》しなくていいと言ったんですよ」

途端《とたん》、背後から声がして、俺はギクリと身を強張《こわば》らせた。

振り返ると、案の定少し離れた場所に浅川さんが立っていた。そして、ゆっくりと俺たちのほうへ近付いてくる。

「どういう意味だ？」

相馬様は浅川さんをまっすぐに睨んだ。

十七歳とは思えない迫力《はくりよく》に驚《おどろ》いて、思わず目を疑ってしまう。

だけど、睨まれた本人である浅川さんは、さすがどんなクレームでも落着させる敏腕《びんわん》コンシェルジュなだけあってたじろいだ様子はなかった。

「立場を知っていて強要するのはいかがなものかと言ってるんです――ご自分でもよくおわかりなのでは？」

思わぬ事態に棒を飲んだように立ちすくんでいた俺は、浅川さんの言葉にはっと我に返った。

言葉に詰《つ》まって、それでも浅川さんを睨み続ける相馬様の顔に胸が摑まれたように痛む。

「浅川さんっ」

思わず浅川さんの名前を呼んでしまったのは、そんな風に言って欲しくなかったからだ。

確かに昨日の俺の説明が悪かったのかもしれないけど、でも、こんなこと少しも望んでいなかった。

なのに。

「心配しなくてもこんなことで簡単に飛ばされたりしない」

「そんな……」

そうじゃなくて…そういうことじゃなくてっ！

反論しようとした俺の言葉を遮《さえぎ》ったのは、相馬様だった。

「そんな風に考えてたんだな…」

その声は、今まで聞いたことがないくらい暗く、ひんやりとしていて俺は思わず言葉を飲み込んでしまう。

相馬様を見ると、辛そうで、見ているこっちのほうまで胸が痛くなるような顔をしていた。

「ち、違《ちが》うっ、そんなこと」

「春名、無理しなくていいんだ」

無理じゃなくて——と言うより先に、相馬様はエレベーターホールへ一人で歩いて行ってしまう。

「相馬様っ」

そちらへ追いかけて行こうとした俺の腕を、浅川さんが引き止めた。

「どうして追うんだ？」

「どうしてって……」

そんなの決まってる。

そう思ってから、どう決まっているのか答えられないことに気付いた。

「お客様だからか？」

答えに迷った俺に浅川さんがヒントのようにそう言ったけど、俺は無意識に首を横に振《ふ》っていた。

だけど、俺がためらっている間にエレベーターの到着《とうちゃく》音がして……。

「待っ——相馬様っ」

俺は答えを口にしないまま、浅川さんの腕を振り切ってエレベーターホールへ走る。

けれど、もうエレベーターはとっくに動き出していた。

——相馬様は行ってしまった。

俺の呼びかけに、一度も振り返らないまま。

◇

どうしていいかわからない……。

昨日はあのまま、相馬様は深夜になってもホテルへは帰ってこなかった。いつもなら会社を出る前に佐伯様から電話がくるんだけど、それもなくて……。

今朝ももちろん連絡はない。

一睡もできず、顔色の悪い俺を見かねたのか、俺はこの機会に一旦《いったん》自宅へ帰るようにと浅川さんに言われた。相馬様が帰る知らせが入ったら呼び出すからと言われて。

けれど久し振りに帰った一人暮らしのマンションは、どこか空気が湿《しめ》っていて、気分が余計に滅入《めい》るだけだった。

ベッドの上に倒《たお》れるように横になり、ぎゅっと目を閉じると眼《め》の奥がじんじんと痛む。寝不足《ねぶそく》で、目が疲《つか》れているんだと思うけど、それでも相馬様のことを考えると、どうしても休む気にはなれない。

きっと、物凄《ものすご》く傷付けた。

そう思うと、切なくて、やりきれなくて……。

本当は、できることならあのままホテルで待っていたかった。――――待っていてあげたかった。

どうしてだろう？　相馬様のことを考えるだけで胸がきりきりと痛む。少し前からその兆候《ちょうこう》はあったけど、昨日相馬様が行ってしまったあとからは一段と酷《ひど》くて……。

何度も何度も最後の相馬様の表情を思い出して、あのとき、もっと早く、浅川さんの手を振り解《ほど》いて誤解を解けばよかったと思う。

誤解……。

そう、元はと言えば全部俺がいけなかったんだよな。最初から、浅川さんに言えばよかった。あれは——本当は無理やりなんかじゃないって。

恥ずかしかったし、ふざけるなって思ったけど、俺だって嫌《いや》だったらちゃんと拒否《きょひ》していた。VIPだから、なんて遠慮《えんりょ》は最初の三日でなくなってたんだから。

なのに、言えなかった。恥ずかしくて、軽蔑《けいべつ》されるのが怖《こわ》くて。

でもそのせいで、相馬様をあんなにも傷付けてしまったのだ。

どうすればいいんだろう？　このまま相馬様がフォンティーヌに戻《もど》らなかったら……。

そう考えた途端、すうっと背中が冷たくなった。

俺はホテルマンで、相馬様はお客様なのだから、相馬様がホテルにこなくなったら、会うことはなくなる。

当たり前のことだ。

相馬様は友人でもなければ同僚《どうりょう》でもない。それどころか、大金持ちのお坊《ぼっ》ちゃんで、九歳も年下で、環境《かんきょう》も状況《じょうきょう》も全然違う。俺がホテルに勤めてなかったら、一生会うことなんてなかっただろう。

だから、これからずっと会えなくても、それが普通《ふつう》なのだ。

このまま、ずっと――――誤解されたまま……二度と会えなくても。

そう考えた途端、俺はベッドから起き上がっていた。

このまま？　相馬様を傷付けたまま？

最後に見た相馬様の表情がまた脳裏《のうり》をよぎって、俺は痛む胸を服の上から押さえつけた。

ここに傷があるよと教えるように、ズキズキと脈打つそれに、俺は耐《た》え切れなくなって部屋を飛び出した。

「相馬様のご自宅を教えてくださいっ」

「…………それを俺に訊《き》くのか？」

呆《あき》れたような浅川さんの表情に、俺は反射的に謝った。

「ごめんなさい。けど、浅川さんしか訊ける人がいないんです」

ごちゃごちゃと物の置かれた従業員用の廊下《ろうか》で、俺は必死で頭を下げる。

無理を言っているのは承知の上だけど、だからといって諦《あきら》めるわけにはいかない。

「お願いします……っ」

「聞いてどうするんだ？」

「直接謝りたいんです」

謝って許して貰《もら》えることじゃなくても、このまま何もせずにいるなんてこと、俺には耐えられない。

「……俺、嘘《うそ》ついてました」

「何……」

「本当は嫌じゃなかったんです――相馬様にキスされるの」

顔を上げると、浅川さんは驚いたような、でもどこかわかっていたというような顔で俺を見ていた。

「つまり、俺は振られたってことかな？」

「え……」

思わぬ台詞《せりふ》に今度は俺のほうが驚《おどろ》く。

「す、すみません……っ」

正直、浅川さんに告白されたことは意識の彼方《かなた》にあった。忘れていたわけじゃないけど、相馬様のことで精一杯《せいいっぱい》だったから――っていうのは言い訳だよな。

好きだと思っていた人からの告白だったのに……。でも、それはきっと、もう好きな人じゃないからだ。

「俺、浅川さんの気持ちには……応《こた》えられません」

「……そうか」

浅川さんはため息一つで許してくれたみたいだった。本当はどうかわからないけど、少なくともそう見えた。

「そう言われる気がしたんだ。引き延ばしたりしてみっともないよな」

「そんなの――――」

「しょうがないから教えてあげるよ」

俺の言葉《ことば》尻《じり》を奪《うば》うように、浅川さんは少し大きな声でそう言って、少し照れたような、仕方ないというような顔になったのだった……。


相馬様の自宅は、高輪《たかなわ》にあるマンションだった。フォンティーヌからは車で二十分もかからないんじゃないだろうか。

まさかこんな近くに一人で暮らしていたなんて意外だったけど……。

一階にはまるでホテルのようにロビーとフロントがあるのがガラス越《ご》しに見える。

俺はその手前のエントランスにあるインターフォンで、部屋番号を呼び出した。真昼間だから多分いないだろうと思ったけど、突《つ》っ立っていたら不審者《ふしん》として通報されそうな気がしたし。

なのに……。

『はい』

驚くほどあっさり返事が返ってきた。

『ああ、春名さん……きてくださったんですね、助かりました』

「……佐伯様ですか？」

聞き慣れた声。だけど、相馬様本人じゃなかったことに、緊張《きんちょう》が緩《ゆる》んだ。

『今開けますのでお入りください。エレベーターは向かって一番右のものになります』

俺からは見えないけど、中からは多分俺の姿が見えているんだろう。説明が終わるか終わらないかのうちに、自動ドアが音を立てて開いた。

「ありがとうございます」

お礼を言ってから、閉まらないうちにとドアをくぐる。フロントでピンと背筋を伸《の》ばして座っている女性に会釈《えしゃく》をして、言われた通りに右端《みぎはし》のエレベーターのボタンを押した。

心臓がドキドキする。

思わぬ展開に、正直戸惑《とまど》っていた。こんな風にあっさり会えるなんて、思ってもみなかったから。肩透《かたす》かしを食《く》らったような気さえする。

しかも、佐伯様も一緒《いっしょ》だし……。

でも、俺がそんな風に考えている間にも、エレベーターはさっさと俺を最上階へと運んでいってしまう。

そして、どうしようと悩《なや》む間もなく開いたエレベーターのドアの向こうには、すでに佐伯様が待っていてくれた。

「突然《とつぜん》すみません。失礼だとは思ったんですが、どうしても相馬様に謝罪したいことがございまして……」

「ええ、どうぞこちらへ。お待ちしておりました」

頭を下げた俺は、思いっきり歓待《かんたい》ムードな佐伯様に首を傾《かし》げる。

「待っていた……とおっしゃいますと」

「どんな事情かは知りませんが、もう自分は仕事をする理由がなくなったと、最低限の指示だしだけをして不貞寝《ふてね》状態なんです」

呆れたような言葉には、困惑《こんわく》じゃなくて面白《おもしろ》がっているようなニュアンスが込《こ》められていた。

多分、どんな事情かなんて佐伯様にはお見通しなんだろう。

でも……。

「どうして佐伯様は……」

そこまで口にして、俺はゆるゆると首を横に振《ふ》った。

「何でもありません。お邪魔《じやま》させていただいてよろしいですか？」

「――――どうして私が隆臣様とあなたのことを反対しないか、不思議ですか？」

質問の口にしなかった部分を言い当てられて、俺は目を瞠《みは》る。

「まぁ、理由はいろいろとありますが、私は相馬家ではなく、隆臣様に仕えておりますし、言い出したら聞かない人であることもわかってます。それに……私のほうにもメリットのあるお話ですからね」

「メリット？」

「ええ。隆臣様もご存じですよ。言ってみれば共犯者のような関係ですからね」

にっこり笑って言われた台詞の意味はよくわからなかったけど、佐伯様が本当に相馬様の味方なんだっていうことはわかった。

「さて、では私は社のほうへ顔を出さねばなりませんので、これで失礼します」

「え……」

戸惑いの声を上げた俺に、佐伯様はもう一度だけ微笑《ほほえ》んでエレベーターを出て左寄りに一つだけあったドアの中へ俺を招き入れる。そして、さっさとエレベーターに乗り込んで行ってしまった。

静まり返った玄関《げんかん》ホールに一人残されて、俺はライムストーンの床《ゆか》や、両側に設《しつら》えられた飾《かざ》り棚《だな》を所在無く見回す。

「お邪魔します」

声をかけたけど、返事はない。かなり広い間取りの部屋のようだから声が届いていないんだろう。防音もしっかりしてそうだし。現に、奥からの物音も一切《いっさい》しなかった。

しばらくそうして様子を窺《うかが》っていたけど、このままじゃ埒《らち》が明かないことは確かだ。

「……上がりますよ」

俺はもう一度声をかけてから、靴《くつ》を脱《ぬ》ぎおそるおそる室内へと足を踏《ふ》み入れた。

最初に開けたドアはリビングへ繋《つな》がるものだったけど、その広い空間には誰《だれ》もいない。

「相馬様？」

呼びかけても返事はなく、俺は失礼を承知で次々にドアをノックし、開けていった。

ダイニングルーム、書斎《しょさい》、客室なのかベッドだけ置かれた部屋、ウォークインクローゼット、サニタリールーム、バスルーム。そして、ベッドルーム。

ベッドルームにだけは、人がいた気配があった。

寝乱れたベッド、脱ぎ散らかされた服。そして、奥にあるドアが薄《うす》く開いていた。

ここにくるまでのドアはどれもきっちりと閉まっていたのに……。

俺は緊張して詰《つ》めていた息を細く吐《は》き出した。それから落ち着こうと大きく息を吸い込む。

ノックをしてゆっくりとドアを開くと、そこはサニタリールームだった。

どうやら、この部屋には二ヶ所もサニタリールームが設けられているらしい。

どうしよう……？

サニタリールーム内に人影《ひとかげ》はない。だとしたら相馬様がいるのはもう、この奥のバスルームしか考えられなかった。

でも、バスルームのドアを叩《たた》くのはさすがに非常識だよな？　いくらホテルではお世話していたといっても……。

やっぱり部屋で待っていようと、俺が踵《きびす》を返そうとしたときだった。

「佐伯」

さっきのノックの音が聞こえたせいだろうか、いない人の名前を呼ばれてなんと答えるべきか迷う。

聞こえなかったことにして、ここから出てしまうべきだろうかと思ったとき、再び相馬様の声が聞こえた。

「フォンティーヌの部屋だが、やはりチェックアウトしておいてくれ」

その言葉に俺は、目の前が真っ暗になったような錯覚《さっかく》にとらわれた。

やっぱり相馬様はもうホテルには戻《もど》ってこないつもりなんだ。

それはそうだよな。あんな風に傷付けられて……もう、俺の顔なんて見たくもないんだろう。

——そう、思ったのに。

「このままでは、陸に負担がかかる」

まさか、この期《ご》に及《およ》んで相馬様が俺のことを気にかけてくれるなんて思ってもみなかったから……。

俺は驚《おどろ》いて目を見開いた。

「……っ」

「いつまでも本来の業務から離《はな》れているわけにもいかないだろうし……」

なんで、こんな風に思ってくれるんだろう、と思う。

そんな資格が自分にあるとは、とてもじゃないけど思えなかった。

「佐伯？　聞いているのか？」

もう、誤魔化《ごまか》してこの場を去ることはできなくて、俺はそっとドアに近付く。

「――――佐伯様ならもう出かけた」

口にした途端《とたん》に、ザバリと大きく水音がした。

「陸っ？」

珍《めずら》しく慌《あわ》てたような声と同時に、すぐさまドアが開いて全裸《ぜんら》の相馬様が出てくる。

「っ、そんな格好で出てくるなよっ」

俺は慌てて相馬様に背を向けた。

そして、視界に入ったバスローブを相馬様に後ろを向いたまま渡《わた》す。

「あ、ああ。すまない」

その言葉に、俺はきゅっと唇《くちびる》を嚙《か》み締《し》めた。こんなところまで無断で入ってきた俺が悪いのに、どうしてそんな風に簡単に謝ってしまうんだろう。

謝りにきたのに先に謝られて、会えたらこう言おうとか、ああ言おうとか考えていたことが全《すべ》てどこかへ行ってしまったみたいだった。

昨日だって相馬様は何も悪くなかったのに……。どうしていいかわからなくなる。

「……陸？」

相馬様に背を向けたまま黙《だま》って俯《うつむ》いていた俺の肩《かた》に相馬様の手がそっと触《ふ》れる。

「きてくれたんだな。嬉《うれ》しいよ」

「――怒《おこ》ってると思ってた。傷付けたって……」

こんな風に、普通《ふつう》に……何もなかったみたいに喜んでくれるなんて思わなかった。

「陸に腹を立てることは絶対にない。傷付きはしたが、それも自分のせいだ。陸がどんな気持ちで仕事をしているのか、考えが及ばなかった。……いや、薄々わかっていたのに、目を逸《そ》らしていた。それどころか、同意を得られたと誤解して――……すまなかった」

俺はただ首を横に振った。

相馬様とも思えないような弱気な台詞《せりふ》が、相馬様の傷の深さを表している気がして泣きたくなる。

「謝るなよ……っ」

謝らなきゃいけないのは、俺のほうなのに。

「だが……」

「謝らなくていいって言ってるだろっ！　お前は何も悪くないんだからっ」

俺は振り返って相馬様にぎゅっと抱《だ》きついた。

「っ……り……く？」

あんなに強引《ごういん》だった相馬様の腕《うで》が、俺に触れるのをためらうように中空で止まったのが切なくて、俺はますます腕に力を込める。

「合意だったよ。嫌《いや》なんかじゃなかった。挨拶《あいさつ》のキスも……抱かれるのも」

恥《は》ずかしくて、最後のほうは小声になってしまう。でも、これが俺の本心だった。

「仕事だから我慢《がまん》なんて思ったの、最初のときだけだよ。自分でも信じられないけど」

「――陸が好きなのはあの男じゃなかったのか？」

あの男、が誰を指すのかすぐにわかって、俺は黙って相馬様の胸に頭を擦《こす》り付けるように首を振《ふ》る。

「好きかもって思ってたけど……違《ちが》った」

「……そうなのか？」

疑うような言葉に、俺はそっと体を離した。

「わかったんだから仕方ないだろ」

「なにがだ？」

不思議そうに問う声が演技だったら絶対に許せないと思いつつ、俺は相馬様を見上げる。

「自分のほうがいいって……わからせるってそう言ったのはお前のくせに」

俺の言葉に相馬様は驚いたように目を瞠《みは》って——それからゆっくりと破顔した。

その笑顔《えがお》が、いつも以上にキラキラして見えて、俺は胸の中にあった澱《おり》のようなものがさらさらと乾《かわ》いて消えていくのを感じる。

「陸、好きだ。恋人《こいびと》になって欲しい」

「うん。——俺も好き」

俺はそう言って、降りてきたキスにそっと目を閉じた。

最初はついばむような軽いキス。それから徐々《じょじょ》にキスは深く長くなっていく。

少しずつ深くなるキスに耐《た》えられずに、俺がその場にへたり込みそうになると、相馬様は俺を抱き上げて洗面台に乗せた。

俺は相馬様の首に腕を絡《から》ませて、キスの続きを仕掛《しか》ける。

「……っ……ん…ん…」

口腔《こうこう》を何度も舌でかき混ぜられた。そのたびに震《ふる》える背中を、なだめるように撫《な》でる手は大きくて温かくて、なによりも優《やさ》しい。

キスだけでとろとろにされてしまいそうだった。十七歳のくせに何でこんなにキスが上手《うま》いんだろうと思うと、少し腹立たしくなるけど。

「んっ……あ…」

シャツの上から胸を撫でられて、俺は体を引いた。けれど、相馬様の指はそのままやすやすと俺の胸に触れてくる。

左胸を何度も撫でられて、硬《かた》くなった乳首《ちくび》が指に引っかかるようになると、今度はそこを重点的に攻《せ》められた。

そうなると俺はもう、キスどころじゃなくなってしまう。相馬様の肩に額を押し付けて、声が漏《も》れそうになるのを必死でこらえた。

「……っ、んん……」

「陸……声を聞かせてくれないのか…？」

耳元に吹《ふ》き込むように囁《ささや》く声は、それだけで力が入らなくなりそうなくらい艶《つや》めいている。

「んなの…っ……むりっ…」

まだほんの少し胸を触《さわ》られただけなのに、こんなにも感じてしまっているなんて思われたくなかった。

恥ずかしくて、できることなら口を縫《ぬ》い付けてしまいたいくらいだ。

「この前は目、今度は口か……」

「だって…っ」

俺は相馬様が手を止めてくれたので、やっとの思いで顔を上げて相馬様の目を見つめる。

「いやだとか駄目《だめ》だとか言いたくない」

今までは散々言ってきたけど、そんな嘘《うそ》を口にしたくなかった。今日は、本当に抱かれたくて抱かれるんだから……。

相馬様は俺の言葉に小さく笑った。

「気持ちいいと言ってくれればいいんじゃないのか？」

「んなの……っ…恥ずかしいから絶対無理」

俺は断言して、首を横に振る。

「だったら」

相馬様は少し考えて俺の唇を指でなぞった。

「名前を呼んでくれ。隆臣、と。それならできるだろう？」

名前……？　しかも、相馬様じゃなくて。

「そんなの、急に言われても……」

急に距離《きょり》が近くなったようで、照れくさいって言うか……。けれど、できないと言うより先に切なそうな目で見つめられて俺は言葉を飲んだ。

「相馬様、なんて呼ばれていると、いつまでも客として一線引かれているような気がする」

その上、そんな風に言われたら、断ることなんてできなかった。

仕事の延長としてじゃないってことを、形で表すには必要なことだという気もして……。

「た…かおみ……？」

俺は思い切ってその名前を口にした。自分の耳で聞いても恥ずかしくなるような、そんな甘い口調になってしまったことに内心うろたえる。

けれど。

「嬉しい……」

相馬様――隆臣が感極《かんきわ》まったようにぎゅっと俺を抱きしめてくれたから、もうどうでもいいって気がした。


「体中にキスをして、陸の感じるところは全部印をつけたい」

なんて、まさか本気じゃないだろうと思ったのに……。

「あ……隆臣…っ」

俺は洗面台の上に座らされたまま、服を脱《ぬ》がされて体中にキスをされていた。ドア一枚向こうにはベッドがあるんだから移動すればいいと理性では思うんだけど、お互《たが》い待てなくて。

へその辺りに息がかかると、くすぐったいのと快感とが入り混じって思わず体が後ろへ逃《に》げてしまう。

隆臣は俺の反応が気に入ったのか、へその横を強く吸って印をつけた。

もう俺の体は、何ヶ所もそんな印がつけられていて、まるで自分が酷《ひど》く感じやすい体をしているると言われたようで恥ずかしい。

「陸、腰《こし》を浮《う》かせて」

「あ……」

俺のお腹《なか》のところに顔をうずめたまま上目遣《うわめづか》いで見上げられて、鼓動《こどう》が速くなった。

こんな、自分だけが高い場所に座らされて、ただでさえ恥ずかしいのに……。でも、結局俺は逆らえずにそっと手を突《つ》いて腰を少し浮かせる。

ずるりと下着ごとズボンを脱がされて、残るは靴下《くつした》だけという間抜《まぬ》けな格好になった。

「…靴下も脱がせて」

「え？」

なんとなく耐え難《がた》くてそう言った俺に、隆臣は驚《おどろ》いたように顔を上げる。

「今なんて言った？」

そ、そんなまっすぐな目で見られると、恥ずかしいんだけど。

「いい、やっぱり自分で脱ぐ」

俺は慌《あわ》てて足を洗面台の上に引き上げた。なのに、脱ごうと伸《の》ばした手は両手とも隆臣に掴まれてしまう。

「ちょっ……なに――」

「もう一度言ってくれ」

「は……？」

もう一度、って俺そんな大したこと言ってないよな？　ちょっと甘えすぎたかとは思ったけど、いい年して裸《はだか》に靴下だけって、痛いと思うし……。だからつい。

「靴下脱がせて……って」

言っただけなんだけど、そう口にした途端《とたん》、隆臣はとろけそうな顔になった。

「嬉《うれ》しい」

――嬉しい？

ぎゅっと抱《だ》きしめられて、俺の頭の中は疑問符《ぎもんふ》でいっぱいになる。

「なんだよ？　嬉しいって」

「陸に何かして欲しいと言われたのは初めてだ」

「そう……だっけ？」

「放せとか、触るなとか、自分のことは自分でしろとかは言われたがな」

……そう言われてみればそうかもしれない。俺の仕事は隆臣の世話をすることなんだから、逆に何かしてもらう場面ってなかったもんな。

だからって、そんなに嬉しいものなのか？

「陸にしてもらうのはもちろん嬉しいが、して欲しいと言われるともっと嬉しい」

そんな風に言われて、なんだか胸がぎゅっとなる。

なんか、今――こいつのことめちゃめちゃ可愛《かわい》いと思ってしまった。

「……そんなこと言ってると、そのうちすごいわがままとか言うようになるかもしれないぞ？」

恥《は》ずかしくて思わずそんな風に言ってしまったけれど、隆臣は全く怯《ひる》まない。

「陸が言うのならどんなわがままでも可愛い。だから、俺以外の男には言わないでくれ」

なんて言われてむしろ俺のほうが怯んだくらいで……。

「…………わかったよ」

こっくりと頷《うなず》くと、嬉しいと言うようにキスされた。ゆっくりと何度もキスされながら片足ずつ持ち上げられて靴下を脱がされる。

そのまま両足を洗面台に乗せられた。苦しい体勢に、上半身が後ろへ倒《たお》れこみそうになると、頭をぶつけないようにそっと支えてくれる。

そのままゆっくりと体を倒されて、肩《かた》で鏡に寄りかかるような形になる。

「あ…っ…んっ」

キスを終えた隆臣の唇《くちびる》が内腿《うちもも》をちゅっと吸い上げた。

目を開くと自分があられもない格好になっていることがわかって顔が熱くなる。全裸《ぜんら》で洗面台に乗せられて、M字に開いた膝《ひざ》の間に隆臣がいるのだ。

恥《かく》ずかしくて体を起こそうとしたけど、足を押さえられている状況《じょうきょう》では無理で、俺は腕《うで》で顔を隠した。

「陸、可愛い」

膝頭《ひざがしら》にキスされて、足先がびくりと揺《ゆ》れる。キスは上半身にしたのと同じように、余すところなく触《ふ》れながらゆっくりと降りていく。

「あっ、やっ……ぁ…」

きわどい部分にも舌先は触れて、そのたびに中心にどんどん熱が集まっていくのが自分でもわかった。

けれど、隆臣は直接そこへ触れようとはしない。ただ、偶然掠《ぐうぜんかす》めてしまったというように顎《あご》や頬《ほお》が触れるだけで俺はギリギリまで追い詰《つ》められてしまう。

「は……ぁっ…隆…み…っ」

「なんだ？」

隆臣が俺に言わせたがって、わざと焦《じ》らしているのだということはすぐにわかった。さっきの言葉通り、俺が『して欲しい』と言うのを楽しみにしているのだろう。

「どうして欲しい？　言ってくれないとわからない」

わかっているくせに、白々しく訊《き》き返されて俺はきゅっと唇を噛《か》んだ。今さっき可愛いと思ったばっかりだったのに、こんな風にされると少し憎《にく》たらしい。けど……。

「陸？」

促《うなが》すように名前を呼ばれて、内腿をぞろりと舐《な》め上げられると、もう限界だった。

「…ちゃんとして……触《さわ》って」

「どこを触って欲しい？」

恥《はじ》を忍《しの》んで言ったのにさらに訊き返されて、俺は顔を覆《おお》っていた腕をずらして隆臣を睨《にら》みつける。

「そんな目で睨んでも可愛いだけだ。ほら、言え」

笑われて、目の下にキスされて……俺は結局その恥ずかしい単語を言わされてしまった。

その上、両手がふさがったままでは触れないからと、自分で足を持つように言われて泣きそうになる。けど、もう俺の体は逆らえないくらいギリギリのところにきていて……。

「どうする？」

「ひぁ……っ」

ちょんっと舌先で先端《せんたん》を突《つつ》かれて、足先が揺れた。

「……あとで覚えてろ…っ」

俺はそんな憎まれ口を叩《たた》くと、震《ふる》える手で自分の膝裏を押さえる。自分が物凄《ものすご》く恥ずかしい格好になっているのはわかっていたけど、もうこれ以上耐《た》えられなかった。

「あ…んんっ」

先端を撫《な》でられただけで声がこぼれる。指でそっと撫で降ろされると足ががくがく震えた。

「っ…あっ、あぁっ……も、だめ…っ」

さんざん焦らされたそこは、最初からもう許容限界ギリギリだったから、上下に扱《しご》かれると
どうしようもなくて。

「あー……っ」

あっけないくらいあっさりといかされてしまった。

「気持ちよかったか？　こんなところまで飛んでる」

顎の下をぺろりと舐められて、カーッと顔が熱くなる。お前がこんな体勢にさせたせいだろ、
と思ったけど口に出すことはできなかった。

「やっ……ちょっ…あっ、あっ…」

何の前触《まえぶ》れもなく、隆臣の指が中にずるりと入り込んできたから。

いったばかりで敏感《びんかん》になっている俺の体は、その感覚さえも快感と捉《とら》えたようにびくりと跳《は》
ね上がる。

濡《ぬ》れたような感触《かんしょく》は洗面台のそばに置いてあったローションらしくて、なんでそんなに手際《てぎわ》
がいいんだよ！　と文句が言いたくなった。

だけど、実際俺の口は文句どころか、今や意味のある言葉をつむぐこともできないような有様で……。

「ん……んっ、たか…みっ、も……むりっ」

指を中でぐるぐる回したり、出したり入れたりされて泣きそうなくらい感じてしまう。膝裏を掴んでいた指から力が抜《ぬ》けて足が落ちそうになると、隆臣は俺の足を自分の肩に掛けた。

最初からそうしてくれればよかったのに、と頭の隅《すみ》で思ったけど抗議《こうぎ》する余裕《よゆう》はない。

何度も何度も、しつこいくらい指で慣らされて体の中を開かれる。指が、感じてしまう場所を掠《かす》めたり引っかいたりするたびに、ぐちゅぐちゅ恥ずかしい音がして、高いところにあるつま先が揺れた。

恥ずかしいのに、気持ちよすぎておかしくなりそう……。

「あっ、やぁ…」

ようやく指が抜かれたときには、思わず抜かないで、と口走りそうになった。

だけどそれを止めたのは、理性なんかじゃない。すぐさま入り込んできた、もっと熱いものだった。

「あっ、あっ、んんー……っ」

ずるりと一気に奥まで入れられて、痛いわけじゃないのにこめかみを涙《なみだ》が伝い落ちる。

生理的なものだと思うんだけど、それを見て隆臣は自分が痛いみたいな顔をした。

「痛むか？」

「だ…丈夫《じょうぶ》…だから……」

俺はそう言って首をゆるゆると横に振《ふ》り、隆臣の肩に抱《だ》きつく。

「……陸？」

「い…から、動いて……」

ぎゅっと腕に力を込《こ》めると、隆臣は最初はゆっくりと、徐々《じょじょ》に大きく動き始めた。

「あっ、ん…っ…んっんっ」

中を大きなもので擦《こす》られるたびに、気持ちよくて自分の腰《こし》が一緒《いっしょ》に動いてしまう。そのことを指摘《してき》されたら絶対恥《は》ずかしくて死ぬって思ったけど、隆臣にももう俺をからかうような余裕はないみたいだった。

ただひたすら揺さ振られて、快感に流される。

「あ、やぁっ……隆臣っ……も、いく…っ」

「陸……っ」

そして、もう駄目《だめ》だというところまで高まった熱を解放すると、すぐに隆臣も俺の中で果てたのだった……。

「あっあっ……も、やだっ……、しないって言ったくせに……っ」

◇

清潔で広いバスルーム。

バブルバスはグレープフルーツのほのかな香りがして、さんさんと日の差し込む窓辺には、チョコレートとサングリアが置かれている。

そんな場所で、俺はさっきっから隆臣に散々泣かされていた。

隆臣がホテルを一応引き払《はら》ってから約二月が経《た》っている。

一応って言うのは、休日前とか相変わらず泊《と》まりにきているときがあるから。

そういうときは大体がお忍びっていうか……突然《とつぜん》くることが多い。夕方くらいに電話で予約が入ることもあるけど、ウォークイン——予約せずにいきなりくるときのほうが圧倒的《あっとう》に多いのだ。俺がフロントでびっくりするのを楽しんでるとしか思えないけど、顔が見られれば嬉《うれ》しいのも確かだし、あまり厳しい顔もできないんだよな。

他《ほか》にも、隆臣が俺の部屋に押しかけてきたり、俺が隆臣の部屋に行ったりと忙《いそが》しい合間を縫《ぬ》って、それなりに付き合いは続いていた。

それはいいんだけど。

――問題は。

「や、もう無理って…あ…ああっ」

立ったままシャワーヘッドを下腹部に押し当てられて、体がびくびくと跳ねる。

これは刺激《しげき》が強すぎるから嫌《いや》だって何度も言っているのに、隆臣は一向に聞いてくれない。

足に力が入らなくてずるずると壁《かべ》伝いに体が落ちたけど、そのまま刺激を与《あた》えられて俺は高い声を上げながら放ってしまった。

休む暇《ひま》もなくそのまま体をひっくり返されて、腰だけを上げた体勢で入れられると、すっかり力の抜けた体は拒《こば》むこともできなくて。

「あっ、あぁっ……んぅっ」

腰から下に痺《しび》れたような快感が走って、もう何も考えられなくなった。

突《つ》き上げられるままに、体を揺《ゆ》らして快感をむさぼることしかできない。

そして耳元で名前を呼ばれ、体の奥に熱を感じた瞬間《しゅんかん》、俺もまた解放していた。

「陸……陸…っ」

「……っ…はっ……ぁ……んっ」

ずるりと中から抜かれる感触に背中を震わせて、隆臣にされるがままに膝《ひざ》の上に抱き上げられる。

とろりと自分の中からこぼれ落ちていくものの感触に耐えられず、隆臣の首筋に顔を埋《うず》めた。

たった今まで隆臣自身を咥《くわ》えていた場所に指を入れられて、後始末をされるのは何度されても泣きたいくらい恥ずかしい。けれど、正直、もう指一本動かせないくらい疲弊《ひへい》していた。

濡れた髪《かみ》を優《やさ》しい指で梳《す》かれると、体から力が抜ける。

「陸、可愛《かわい》かった」

「……そういうこと言うなって言ってるだろ」

再び抱き上げられ、一緒に湯船に浸《つ》かりながら俺は深い深いため息をついた。

どうしていつもこうなってしまうんだろう……。

そう、問題は風呂《ふろ》。

隆臣はホテルにきたときも、今日みたいに自分の部屋に俺を招いたときも、絶対に一人で風呂に入らないのだ。

俺がいないときは普通《ふつう》に一人で入ってるらしいから、一人で入れないわけじゃないはずなのに。

俺だって別に嫌なわけじゃないけど、そのまま風呂場でことに及《およ》ばれたりするのがちょっと困るって言うか……。シャワーとか、ソープとか、ベッドにはないもので散々責められたりするし……。その上、隆臣は若いからしょうがないのかもしれないけど、お風呂でしてしまった場合、大抵《たいてい》そのあとベッドでもう一回って流れになって、俺のほうはへとへとになってしまうのだ。

まぁ、文句を言いつつも、結局毎回付き合ってる俺にも問題があるのかもしれないけど。

「大体なんでそんなに一緒に入りたがるんだよ？」

ぶつぶつ文句を言うと、俺を後ろから抱きしめて隆臣は小さく笑った。

「なに？」

「いや、信じてもらえなそうだなと思ってな」

振り返って軽く睨《にら》むと、そう言って苦笑《くしよう》する。氷が溶《と》けて薄《うす》くなったサングリアのデキャンタを持ち上げてグラスに注ぎながら。

「俺は風呂が嫌《きら》いなんだ」

「嘘《うそ》つけ」

「ほら、信じないだろう？」

笑いながらグラスを口元につけられて一口含《ふく》む。甘やかされてるよな、と思うけどグラスが持てないほど俺が疲《つか》れた原因も隆臣なんだから、とこの頃《ごろ》では開き直ってる。

からからになった咽喉《のど》にスーッとサングリアが通って俺は、ふぅと安堵《あんど》の息をついた。そして、わざと隆臣に体重をかけるようにもたれかかる。

「ああ、でも昔は嫌いだったような気もするな」

ここ最近の風呂事情のせいですっかり忘れていたけど、再会して最初に風呂に入りたいって言われたとき、意外だと思ったんだよな。

あれって俺の記憶《きおく》のほうが正しかったわけか。

「でも、今は？　今も嫌いなのか？」

「ああ。実は嫌いなんだ」

「……やっぱり信じられない」

こんなしょっちゅう風呂に付き合わされてる状況《じょうきょう》で、すぐに信じろって言うほうが無理だろう。大体、風呂が嫌いだという割に、隆臣は風呂の楽しみ方を知りすぎている気がする。

本当に嫌いだったら、さっさとシャワーだけで済ませるものじゃないか？　そう指摘すると、隆臣は少し考えたあとに最初から話すと言って、一口サングリアを飲んだ。

「俺が風呂にいろいろ持ち込むようになったのは、昔——そうだな、陸に会うより少し前に、俺が風呂に入りたがらないのを見かねて佐伯が言い出したからなんだ」

「佐伯様が？」

「ああ。風呂が嫌いなら、好きなものと一緒に入ればいいと言って……」

そう言われてみれば五年前、最初に風呂に入れたとき、チョコレートやジュース、よくあるアヒルの浴玩《よくがん》なんかが運び込まれていた。

こんなにいろいろ持って風呂に入るのかとびっくりしたことを思い出す。

「でも、ホテルに泊まったときに用意してたのって、最初のうちだけだよな？」

そのうち——三日目くらいに、なぜか用意しなくてよくなったから、すっかり忘れていたのだ。

「ああ、それは陸がいたからだ」

「……俺？」

なんで俺？　不思議に思って首を傾《かし》げると、こめかみの辺りにちゅっとキスされた。

「陸だけいれば十分だと思った」

「………マセガキめ」

俺は赤くなった顔を伏《ふ》せ、照れ隠《かく》しに隆臣の膝をちょっと抓《つね》る。浴玩扱《あつか》いされたことにむっとしないでもないんだけど、くすぐったさのほうがずっと上だ。

だけど、もう一口サングリアを貰《もら》おうとしてふと気付く。

「――その割に、最近いろいろと持ち込んでるような気がするんだけど？」

サングリアとチョコレート。アヒルはさすがにいないけど……。

「妬《や》いているのか？」

「ち、ちがーうっ」

なんで俺がチョコだの酒だのに嫉妬《しっと》しなきゃなんないんだよっ!?

慌《あわ》てて否定したのに、隆臣はまるで聞いてないような顔でにっこり笑う。

「嬉《うれ》しい」

「いや、だから違《ちが》うって言ってるだろっ？」

最近、隆臣の耳って都合の悪いことは聞こえないようにできてる気がしてならない俺だ。

重ねて否定した俺の口に、隆臣はチョコを一欠片《かけら》放《ほう》り込む。

「これは、陸が風呂に入りたがらないから持ち込んでるんだ」

「……俺?」

もごもごとチョコを口の中で溶かしつつ首を傾げた。

「そうだ。好きなものと一緒《いっしょ》なら入りたくなるかと思ってな」

確かに今口に入ってるのは俺の好きなジャンドゥーヤチョコだし、サングリアも俺の好きなものだけど。正直、全然気付いていなかった。

「確かにこうやってだらだら風呂入るのも意外と悪くないけど……」

「そうだろう?」

毎日忙《いそが》しいから、自分だけだとシャワーで済ますことが圧倒《あっとう》的に多いし。それじゃ疲れが取れなくてよくないと思う。

だけど隆臣と一緒に入ると、かえって体が休まらないわけで……。

やっぱり一人でゆっくりが一番だ、と言おうとした唇《くちびる》を隆臣のそれが塞《ふさ》いだ。

「んっ…」

小さくなったチョコを隆臣の舌が奪《うば》っていく。甘いキス。だけどそれに溺《おぼ》れている場合じゃもちろんない。

「それに、陸もベッドでするときより気持ちよさそうじゃないか？」

「って、こらっ、やめろって……あっ」

足の間を探《さぐ》られて、俺は慌てて隆臣の腕《うで》から逃《のが》れ、立ち上がろうとした。

だけど、アルコールのせいかお湯に足を取られて、うっかりバランスを崩《くず》してしまう。ひっくり返りそうになった俺を支えてくれたのは、当然隆臣で。

「そんなに慌てて動いたら危ないだろう」

「……」

落ち着いた声色《こわいろ》でなだめられて、誰《だれ》のせいだよと内心で悪態をついた。

「そんなところも可愛いが、やはり俺のいないところでなにやっているか心配だな」

ふぅ、とわざとらしくため息をつかれて、俺はむっと眉《まゆ》を寄せる。

「隆臣に心配されなくても、ちゃんとやってるよっ」

九歳も年下のくせに、人を子ども扱いするなって言うんだ。

それに、俺には隆臣がこんなことを言い出した理由がはっきりとわかっている。

「だから、一緒に暮らす必要も全くないからな」

「……どうしてそう頑《かたく》ななんだ」

ぎゅっと後ろから抱《だ》きしめられて、もう一度、今度は本気のため息が耳元を掠《かす》めた。

ホテルを出て以来、隆臣はことあるごとに同居を求めてくるのだ。

最初は冗談《じょうだん》だとしか思えなかったけど、どうやら本気らしい。けど、俺はどうしても頷《うなず》く気になれなかった。

「……家に帰ってまでお前のバトラーとかしたくないんだよ」

「俺は家でまでバトラーになって欲しいなんて思っていないと、何度も言っているだろう？」

何度も口にした言い訳を呟《つぶや》くと、これもまた何度も聞いた答えが返ってくる。

「それに、同居なんて家の人や佐伯様にどう説明するつもりだよ？」

本来、俺と隆臣は全然接点がない。年も違うし、職場も違う。もちろん血縁《けつえん》関係でもない。一緒に住むなんてどう考えても不自然だろう。

「家族は関係ないだろう？　今だって別に一緒に住んでいるわけじゃないんだ。ここだって俺が自分で買ったんだから、誰と住もうと口を出す権利はない。それに、佐伯なら問題ない。あの男が反対するはずがないからな」

「そんなこと――」

反論しようとして、ふと佐伯様も前にそんなことを言っていたのを思い出した。

「なんでなんだ？　佐伯様も隆臣とは共犯者みたいなものだからって言っていたけど……」

「共犯者か。佐伯らしい」

隆臣はそう言って小さく笑う。

「佐伯は俺ではなく、兄がＳＯＭＡを継《つ》ぐのを望んでいるんだ。正確には、佐伯の想《おも》い人が、だが」

「そうなんだ……」

意外だ。恋《こい》とか愛とか、そういったものを仕事に持ち込むタイプには見えなかったのに。

「そのためには、俺に結婚《けっこん》の意志がないのは都合がいい。下手に俺が政治家の娘《むすめ》とでも結婚してみろ。俺を跡継《あとつ》ぎに、なんてくだらないことを考える人間が騒《さわ》ぎ出すことは間違いないだろう？」

隆臣はそう言ってまた笑ったけど、実際は冗談で済む問題じゃない。ＳＯＭＡの跡継ぎ問題といったら、それこそ経済界にだって大きく影響《えいきょう》するだろう。

長男とどれくらい違いがあるのかわからないけど、隆臣が世間一般《いっぱん》から見て優秀《ゆうしゅう》なのは確かだ。最近じゃ、十七歳の若き経営者として、雑誌のインタビューを（しかも週刊誌じゃなく経済誌だったりする）受けることもあるぐらいなんだから。

でも、だったらやっぱり、俺なんかと同居するのはまずいんじゃないか？　親御《おやご》さんだけじゃなくて、そういう人たちの目だってあるってことだし……世間の目だってある。隆臣の言うように、政治家の娘と結婚、なんていうのも問題なのかもしれないけど、なんの接点もない男と同居しているのも、別の意味で大問題だろう。

あ、そうか。問題になるからこそ佐伯様が協力してくれているってことなのか。でも、だからって――。

「佐伯様はいいかもしれないけど、親御さんだって隆臣にちゃんと結婚して欲しいって思ってるだろうし」

ぐるぐる考えた挙句、ずっと心に引っかかっていたことをポロリと口にしてしまった。

まずいと思ったけど、一度口にしてしまった言葉は決して元《もと》には戻せない。

バスルームに痛いほどの沈黙《ちんもく》が流れた。

実際には一、二分ほどだったのかもしれないけど、心情的には永遠に続くんじゃないだろうかと思うような沈黙ののち、隆臣が口を開いた。

「……陸は俺が結婚してもいいと思っていたのか？　だから同居しないと言ったのか？」

「っ……いいなんて思ってない」

俺は咄嗟《とっさ》にそう否定していた。

けれど同居を拒《こば》んだ理由については否定できない。

こんなこと長く続けられることじゃないとは思っていた。今はまだ十七歳だからいいけど、隆臣はいつか結婚する。同性の恋人《こいびと》がいるなんて、許されることじゃない。いずれは別れることになるんだと、そう思っていた。

でも、俺がこんなことを考えていると隆臣が知ったら、きっとまた傷付けると思ってずっと黙《だま》っていたのに……。

俺の体をぎゅっと抱いていた腕から力が抜《ぬ》ける。

「陸……。俺は陸を怒《おこ》ったりはしない。だがそれは、傷付いていないということじゃないんだぞ」

切ない声に、胸の奥が引き絞《しぼ》られたように痛んだ。

「ごめんっ」

俺は体ごと振《ふ》り返って、隆臣に頭を下げる。だけど、隆臣は俺と目を合わせようとはしなかった。そのことにますます胸が痛くなって、どうしていいかわからなくなる。

どうしてこんな風に傷付けてしまうんだろう？　もう、隆臣に悲しい顔をさせたくないって思っているのに……。

「本当に……ごめん」

他《ほか》の言葉が見つけられなくて、俺はもう一度謝った。傷付けたのは俺なのに、どうにかして慰《なぐさ》めたくて目の前にある唇にそっとキスをする。

「――――悪いことをしたと思っているのか？」

何度か繰《く》り返すうちに、やっと隆臣が口を開いてくれてほっとした。

「ああ、俺が悪かった、ごめんな」

「もう謝らなくていい」

こくりと頷いた俺に、隆臣はそう言ってうっすらと微笑《ほほえ》む。だけど、ほっとするはずの笑顔なのに、俺はなぜだか背筋が寒くなった。

……お湯が冷めてきたわけじゃないよな？　自動で追い焚《だ》きになってるんだし。それどころかそろそろのぼせそうなくらいで……。

「同居に賛成してくれるなら」

「…………」

続いた台詞《せりふ》に俺は思わず絶句した。

――まさかと思うけど、今までの全部、このための芝居《しばい》じゃないよな……？

そんなわけない、よな？

「陸？」

だけど、やっぱり駄目《だめ》なのか？　と言うように眉尻《まゆじり》を下げた隆臣に返事を迫《せま》られて、俺は何も反論できずに結局頷いてしまう。

「……わかったよ」

「そうか。嬉《うれ》しいぞ」

にっこりと微笑まれて、やっぱりなんとなく釈然《しゃくぜん》としない気分になったけど、どうしようもない。

それに……。

「引越《ひっこ》しはいつにする？　次の休みはいつだ？　いや、陸の休日まで待たなくてもいいのか。明日はどうだ？　陸は普通《ふつう》に仕事に行って、ここに帰ってくればいい。俺がすべて手配しておこう」

と、勝手にどんどん話を続けていく隆臣があまりにも嬉しそうで、もう反論する気もそがれてしまう。なんか、騙《だま》されてるなら騙されてるで、もういいかなって気さえして……。

その上、本格的にのぼせそうになっているのか頭がくらくらしてきた。

「もう隆臣の勝手でいいよ」

そう言った声も微妙《びみょう》に呂律《ろれつ》が怪《あや》しいくらいで。

「ああ。――と、いかん。陸、しっかりしろ」

くたりと体を預けた俺に隆臣がそう言ったのが聞こえたけど、もう何も答えずに目を閉じた。

こうしていれば、隆臣がすぐにベッドまで運んでいってくれることはわかっているから。

案の定、すぐに俺の体は抱き上げられてお湯から出された。

頼《たよ》りになる腕《うで》に包まれながら、俺はこの風呂《ふろ》に一緒《いっしょ》に入りたがる癖《くせ》だけは、いずれなんとかしないとな、と考えていたのだった……。

温泉で会いましょう！

いた。

◇

「あっ、こらっ」

まるで子どもを叱《しか》るような調子でそう言って、俺は隆臣の泡《あわ》まみれになった手をぺしりと叩《たた》
「背中だけでいいって言っただろ?」

振《ふ》り返って、背中を流してくれていた隆臣にそう抗議《こうぎ》する。

いつも通りの広くて清潔なバスルーム。

振り返って見た隆臣の肩越《かたご》し、曇《くも》り止めのされた窓の外には綺麗《きれい》な夜景が広がっていた。

「遠慮《えんりょ》することはない」

「遠慮じゃないってのっ」

隙《すき》を突《つ》いてくるりと腹の辺りを手のひらで円く撫《な》でられて、びくりと腰《こし》を引く。すると当然後ろにいる隆臣に接近することになっちゃうわけで。

「いいから、じっとしていろ」

当然のようにそう言うと、そのまま腹から胸にかけてくるくると円を描《えが》くように撫でてくる。

スポンジはとっくに床《ゆか》の上に落ちていた。

「わっ、ちょっ……くすぐったいってっ」

鳩尾《みぞおち》のあたりを撫でられると、思わずびくびくと体が震《ふる》える。そのことに気をよくしたのか、手は何度もその辺りをさまよってから、今度はわき腹を撫で上げた。

「ひゃっ…って、お前わかっててやってるだろっ」

わき腹が弱点の一つだって隆臣が知らないわけがない。現にそこには、隆臣がつけたキスマークがいくつも散っていた。

「泡だらけの陸も可愛《かわい》い」

そんな全く返事になってないことを言いながら、俺の顎《あご》に触《ふ》れて唇《くちびる》に軽いキスをする隆臣に、俺は怒《おこ》り続けることもできなくてただため息をこぼす。

――隆臣と同居を始めて早二ヶ月。

最初はどうなることかと思った生活だけど、意外にもそれなりに上手《うま》くいっていた。

同居を始めるに当たって俺が要求したことが二つあるんだけど……。

一つ目は家政婦を雇《やと》わずに、家事は自分たちでやること。

二つ目はお互《たが》いの仕事を尊重すること。

隆臣はどちらも二つ返事で了承《りょうしょう》したけど、やっぱり始める前はいろいろと不安だった。

家族以外の人間と暮らすのは初めてだったし、隆臣と俺じゃ生活習慣からして全然違《ちが》うだろうし。

ところが、始めてしまえば滑《すべ》り出しは順調で、隆臣は家政婦のいない生活なんてしたことがないと言っていたのに、あっという間に家事ができるようになった。

『家事は自分たちで』とは言ったものの、俺が一人でやることになるんだろうな、と内心では思っていたのに。

特に料理なんかはレシピ本なんかを買ってきて、楽しそうにやっている。

隆臣は頭がいいだけあって、手際《てぎわ》もセンスもいい。もちろん忙《いそが》しいから、作る割合は俺のほうが断然多いけど、週末は俺が忙しくて隆臣は暇《ひま》ってパターンが多いから、隆臣がいろいろやってくれて本当に楽だ。

それに……その、実を言えば一番気がかりだったいわゆる——……夜の生活、についても思ったほど無茶なことはなかった。

仕事を尊重するって約束もあったから、翌日が早番や日勤のときは避《さ》けてくれるし……。

とはいえ、隆臣の風呂に対するこだわりに関してはまだまだ問題大あり、なんだけど。

こんな風に一緒に風呂に入るのは、俺のシフトの関係もあって週に二、三回くらいで、当初懸《け》念《ねん》したほどではない。

だけど、ここのところは、隆臣が俺を洗いたがって参る。

前はどっちかって言ったら、洗ってもらいたがる方向だったんだけど……。

恋人《こいびと》になってからは『してあげる』方向に急速に興味が傾《かたむ》いているらしい。料理とかも食べさせたがるし。

　ある意味、成長しているってことなのかもしれないけど、そうそう歓迎《かんげい》ばかりもしていられない。

　洗うって言うのはつまり、体を触《さわ》るってことなわけで……。

「んっ……こら、駄目《だめ》だって」

　太腿《ふともも》の間に入り込んできた手に、膝《ひざ》が震えた。

「どこもかしこも感じやすいな」

「っ……だ、からっ、背中だけでいいって言ってるだろっ」

「俺がよくないんだ」

「あっ、んっ……」

　手のひらで探《さぐ》るように胸を撫でられて、俺はびくりと体を揺《ゆ》らした。

「ここもよくないと言ってるぞ」

「言ってないっ」

　オヤジ臭《くさ》い台詞《せりふ》に、首を横に振《ふ》ったけど、手は一向に離《はな》れていかない。

「そうか？」

「ぁ……ん、やっ……」

　それどころか、尖《とが》ってしまった乳首《ちくび》をきゅっと摘《つま》れて、一気に体温が上がった気がした。

泡で滑ってきつく摘めないのが、もどかしいような刺激《しげき》になる。

「ほら、気持ちよさそうにしてる」

「ばか……っ」

俺の憎《にく》まれ口にも、ただ嬉《うれ》しそうに目を細めるだけで応《こた》えた様子はない。

「ならここはこれくらいにして……」

内腿に置かれたままだった手が、円を描きつつ中心部へと近づいてくる。

もう片方のさっきまで胸を弄《いじ》っていた手は、カタカタと震える膝が閉じられないように押さえつけていた。

「んん…っ」

泡のせいでぬるぬると滑る手に触れられると、ベッドで触れられるときの何倍も感じてしまう。

「こんなに気持ちよさそうなのに、なぜ嫌《いや》がるんだ?」

くすりと笑われて、カーッと顔が熱くなった。

気持ちいいから嫌なんだってことが、隆臣にはどうしても伝わらないらしい。

「恥《は》ずかしい……からっ」

「ん?　なぜだ?」

「明るいしっ、声響《ひび》くし……っ」

「陸の体で俺が見ていない場所なんて、もうどこにもないのに？」

「そっ……あぁっ」

そういう問題じゃないんだよっ！

という言葉は、親指で先端《せんたん》を撫でられたせいで声にならなかった。

何度も上下に手を動かされると、もう何も考えられなくなってしまう。

なのに、もうちょっとというところで隆臣はあっさり手を離した。

そしてそのまま、くるりと椅子《いす》の上で向きを変えられて、向き合う体勢にさせられる。

「腰、上げて？」

「…なの、むり…っ」

「摑《つか》まってれば大丈夫《だいじょうぶ》だ」

首に腕《うで》を回すように誘導《ゆうどう》されて、支えられつつなんとか腰を上げようとしたけど、やっぱり膝がかくがくして椅子の下にぺったりと座り込んでしまった。

それを隆臣の腕が腰を抱《だ》くように引き上げる。

「まだ全部洗ってないから」

「ん、んっ……」

支えてるのとは逆の手で、尻《しり》を揉《も》まれて俺は必死で隆臣に抱きついた。そうしてないともうその場に倒《たお》れてしまいそうだった。

洗うなんて口実としか思えない手つきに、文句を言うことすらできない。ただ、早く終わらせて欲しくて……。

「あ、や……っ、それ、やだ…っ」

指が中にまで入ってこようとするのに、俺は首を横に振った。

「な、か……じんじんする…から」

ソープが染《し》みるのだと訴《うった》えると、隆臣はやっと手を離してくれる。

「なら続きは流してからだ」

そう言うと、俺をタイルの上に座らせてシャワーで泡を流すと俺を抱き上げて、一緒にバスタブの中に入った。

途端《とたん》。

「あ……な、なにこれ……？」

体にまとわり付くような、とろりとした感触《かんしょく》に俺は驚《おどろ》いて目を瞠《みは》り、後ろから俺を抱きかかえている隆臣を振り仰《あお》ぐ。

「気持ちがいい？」

隆臣はそう言って楽しそうに笑った。

今日は、帰宅したときすでに風呂の支度《したく》は終わっていたから、入浴剤《にゅうよくざい》を選んだのも当然隆臣だ。

「ローション風呂と言うらしいぞ」

ローションっ？

そのなんとなくえっち臭《くさ》い響きに、俺はぎょっとして顔を引き攣《つ》らせた。確かにお湯はゆるいゼリーのような粘性《ねんせい》を持っていて、全身にまとわり付いていた。

「思った以上だな」

「んっ……あっ…や…っ…」

ぬるぬるしているのを確認《かくにん》するみたいに、胸を撫《な》でられて俺は今までにない感触に体を震《ふる》わせる。

「やっ、あっ…あああっ」

なにこれ？

ただ撫でられているだけなのに、そのとろとろとした感触に、恥ずかしいくらい感じてしまう。

なんていうか、撫でられてる場所だけじゃなくて、動くたびに全身を撫で回されているような感じがするのだ。

「それに……」

隆臣はあまりの快感に戸惑《とまど》う俺の足を開かせて、奥のほうへと指を滑らせる。

「これなら痛くないだろ？」

「あっ、あっ……んっ」

ぐいっと指が中に入り込んできたけれど、隆臣が言う通り、痛みは全くなかった。ほとんど抵抗《ていこう》なく奥まで探られて、指を増やされる。

ゆっくりと出し入れされて、そのたびに腰《こし》が揺れてしまう。

辛《つら》いくらいの快感に、いつもだったら多少は拒《こば》んだり抗《あらが》ったりするけれど、さっき散々触られたせいで、もう体は溶《と》け切っていてそんな気力もない。

「そろそろいいか……」

ぐいっと腰を持ち上げられて、ゆっくりと隆臣が中に入り込んでくる。

「や……あっ、ああっ……」

いつもの、お湯が入ってきてしまいそうなのとはまた違《ちが》う感覚に体が震えた。

ずるりと、あっけないくらい滑《なめ》らかに全《すべ》てを突《つ》き入れられる。

「あ、あっ……た、かおみっ……っ……」

「まだ、我慢《がまん》して」

ちゃぷちゃぷとお湯の跳《は》ねる音がするたびに、自分の口から嫌になるような甘ったるい声が響いて、俺は眉《まゆ》をしかめた。

「や……あっ、あぁっ、んぅっ」

背後から抱きかかえられるようにして隆臣のものを受け入れたまま、ゆっくりと体を揺すら

れる。

背中とか、腕とか、太腿《ふともも》とか。体のどこかが触《ふ》れ合うだけで、信じられないくらい気持ちがよくて……。

「も、無理……っ」

ただ、口だけでそう不平を漏《も》らすけど、そんなものは強く腰を引き寄せられただけで、ぐずぐずと快感に溶け込んでいってしまう。

「んっ……ぁ……」

乳首《ちくび》を摘《つま》もうとした指が滑《すべ》って、俺は小さく首を横に振《ふ》った。とろりとしたお湯の中で触れられると、泡《あわ》のついた指で触れられる以上に滑るような感覚がして、腰骨の辺りまでじんと痺《しび》れるような気がする。

「気持ちいい？」

耳の下に口づけられて、跡《あと》がつかない程度に軽く吸われた。その間にも、指は滑って摘めない乳首を執拗《しつよう》に弄っている。

「気持ちいいんだろう？　こうすると――」

「ひぁ……っ」

ぐりぐりと親指で押し潰《つぶ》すようにされて、俺は小さな悲鳴を上げた。

「……奥のほうがびくびく動いて締《し》め付けてくる」

「や……や……んっ、も……おかしくなる…っ」

奥のほうを突くように動かれて、俺は隆臣の腕から逃《のが》れるように上体を前に倒す。

隆臣の腕は俺の動きを制限することなく一旦《いったん》は離《はな》れて、今度は逆に俺の腕を前に伸《の》ばすように誘導した。

そうして、俺がバスタブの縁《ふち》に摑まると、繋《つな》がったままだった腰を持ち上げるようにして膝《ひざ》立ちになる。

「あっ、あっ、あぁ……っ」

後ろから突かれるような体勢に崩《くず》れそうになる体を、隆臣の腕に支えられて、俺はただ必死で腕に力を込《こ》めた。

「だ、め……ぇ……ぁっ…も、だめっ……隆臣…っ」

名前を呼ぶと、隆臣の動きは終わりに向かって激しいものになる。

そして、そのまま隆臣の手で、俺は絶頂を極《きわ》めたのだった……。


パチンパチン、と爪《つめ》を切る音が断続的に続く。

俺の踵《かかと》を支える隆臣の手は、優《やさ》しいけれど力強く、爪先《つまさき》を見つめる瞳《ひとみ》は真剣《しんけん》そのものだ。

大抵《たいてい》週に一度、髪《かみ》を乾《かわ》かしたあと、隆臣はこうして俺の爪を整える。

最初は深爪になったりするんじゃないかってすごく心配だったこの作業も、最近ではなんの心配もなくなってきていた。

俺はぐったりとオットマン付きのソファに沈《しず》み込んだまま、大真面目《おおまじめ》で俺の足の爪を切っている隆臣のつむじを見下ろす。

俺が隆臣にこんなことまでさせてるのを、佐伯さん辺りが見たらどう思うだろう？　卒倒《そっとう》するだろうかと考えて、そんなことないかと思い直す。あの人意外と食えない人だし。

ヤスリをかけて整えられた指の爪を見ながら、ため息をつく。

こういうのも育ちなのかな……。

料理を食べさせたがるとか、風呂《ふろ》で体を洗いたがるとか……耳の掃除《そうじ》をしたがるくらいまでは、まぁ普通《ふつう》にありえることだと思う。

けど、爪を切ったり、踵や肘《ひじ》にクリームを擦《す》り込んだり、立ち仕事で浮腫《むく》んだ足をマッサージしたり、飲み物を飲むときにさえ手を使わせなかったり……。

隆臣がずっと抱《だ》いて移動させるから、風呂から出て寝《ね》るまで、俺の踵が一度も床《ゆか》に着かないことだってある。

いくら『なんでもしてあげたい』と思っても普通は、ここまでは思いつかないんじゃないかと思うところまで、隆臣は俺を甘やかす。

ホテルマンとしてサービス業に従事している俺だって、まさかここまでと思うくらい。

隆臣は自分の世話の全てを他人の手に委《ゆだ》ねていた時期がある。

だから、思いつくんじゃないかと思うとなぜか……少しだけ不安になる。

「そうだ。陸、温泉に行かないか？」

「温泉？」

綺麗《きれい》に整え終わった爪を満足そうに眺《なが》めていた隆臣が突然《とつぜん》口にした言葉に、物思いに耽《ふけ》っていた俺は驚《おどろ》いて目を瞠《みは》った。

「ああ。今度の休みに。再来週あたり、連休が取れそうだと言っていただろう？」

楽しそうな口調に、俺はむむっと眉を寄せる。

温泉、ね……。

悪い話ではないと思う。温泉は好きだし、ここのところゆっくり旅行に行く機会もなかったし。だけど……。

「――却下《きゃっか》」

きっぱりと言いきった俺に、隆臣は不満気な顔になった。

「なぜだ？　まさか何か別の用事でもあるのか？」

「そういうわけじゃないけど……」

俺だって、連休が取れたら隆臣と過ごしたいと考えてはいた。

隆臣は忙《いそが》しいから、予定が合えばくらいの気持ちだったし、一泊《いっぱく》じゃたかが知れてるけどどこかに出かけるのもありかな、とも思っていた。

「なら、何が気に入らない？」

「温泉が嫌《いや》なんだよ」

もっと言えば、隆臣と温泉、っていう組み合わせが嫌なのだ。

どこにいたって嫌って言うくらい浮《う》いてる隆臣だけど、温泉地なんていったらますます浮きまくるに決まっている。

大浴場とかでも絶対注目の的になるだろうし、だからと言ってこの隆臣が、場所柄《がら》や状況《じょうきょう》をわきまえて大人しくしているとも思えないし。いつもの如《ごと》く——今日の如く、触《さわ》りたがり、洗いたがり、洗われたがり……ってなってもおかしくない。

いや、温泉なんて特殊《とくしゅ》なシチュエーションなら今日どころじゃない暴挙に出る可能性だって……。

「やっぱり、お前と温泉なんて絶対無理！」

重ねてそう言うと、俺はもうこれ以上話すことはないとばかりに、ソファから立ち上がる。

「とにかく、この話はここまで。おやすみっ」

そうして、不満げな隆臣を放《ほう》ったまま、俺はとっとと寝室《しんしつ》へと逃《に》げ込んだのだった……。

◇

その翌日のことだ。

「ただいまー……っと…あれ？」

小さく呟きつつ、俺はいつもと違う様子に首を傾げた。

玄関から廊下、そしてリビングまで、いつもだったら灯《とも》っているはずの明かりが消えている。

今日は遅番《おそばん》だったから、時間のほうはすでに十二時近い。とはいえ、いつもなら隆臣はまだ起きている時間なのに……。

珍《めずら》しくもう寝てんのかな、なんて考えつつリビングを横切って、ベッドルームのドアを開けたけど、そこにも人の気配はない。ちょっと考えて書斎《しょさい》も見てみたけど、結果は同じ。

……ひょっとして帰ってきてないのか？

予告もなく、隆臣の帰りがこんなに遅くなることは珍しかった。

念のために携帯《けいたい》電話を見てみたけれど、メールも着信も残されていない。

なにかトラブルじゃないといいけどな……。

少し心配になったけど、仕事のことで俺が口出しできることなんて一つもない。わざわざ電話して、今どこにいる？　なんて訊《き》くのも、おかしな話だし。

けど、悩《なや》んでいたのはそこまで。体のほうはへとへとだったし、恐《おそ》ろしいことに明日は早番なのだ。遅番の翌日に早番っていうのは結構きつい。

とにかく今日は悪いけど先に休ませてもらおう。

なんてそのときはそう考えただけだった……。

――だけど、それから二日経《た》っても隆臣は帰ってこなかった。

しかもその間一度も連絡《れんらく》がない。

「おかしい」

しんと静まり返ったリビングのソファの上で、俺は微妙《びみょう》な焦燥《しょうそう》に駆《か》られていた。

今日は日勤だったので、今はまだ六時半を回ったばかりだ。だけど、昨日今日と土日で、本来だったら隆臣は休日のはずだった。

なのに、室内には隆臣が帰ってきた形跡《けいせき》が全くない。

今までも出張など仕事の関係で、何日か続けて留守にすることはあったけど、そんなときには必ず前もって連絡があったし、それ以外にも俺が家にいる時間を見計らって、毎日必ず電話があったのに……。

「なんで帰ってこないんだよ……」

そう口に出してから、はっとする。

帰ってこない理由に、少しだけ思い当たるものがあったからだ。

まさかとは思うけど――俺が温泉に行きたくないって言ったから、じゃないよな？

そんなバカな、と思う。

けど、隆臣の風呂に対するこだわりっぷりを考えると、絶対に違《ちが》うとも言い切れないような気も……。

って、そうなのか？　そんなくだらない理由で帰ってこないのか？

もちろん、本人がいない以上、本当の理由なんてわかんないんだけど、でも。

……………ありえないとも言い切れないから怖《こわ》いよな。

俺は深いため息をついた。

こんな風に思い悩むことになるくらいだったら、温泉くらい付き合うって言ってやればよかった。

俺はちらりと携帯電話を見る。

もう一度かけてみようかな……。

昨日かけたときは留守電だった。何を言っていいかわからなくて、結局何も言えなかったけど。

温泉行くんじゃないのか、って言ってみるのもいいかもしれない。

それか、とりあえずメールかな……と、俺が携帯を手に取ったときだった。

「…っ……？」

鳴り出した電話に驚いてびくりと肩《かた》が揺《ゆ》れる。鳴っているのは携帯ではなく、家の電話のほうだ。

隆臣かも、と思ってディスプレイを確認《かくにん》することもせずに俺は受話器を上げた。

ここに電話をかけてくるような人間は、隆臣か、そうでなければ佐伯さんくらいしか思いつかなかったせいもある。

「春名さんでしょうか？」

だけど、受話器から聞こえてきたのは今までに聞いたことのない声だった。

しかも、『相馬』ではなく、俺の名前を呼んだ。

心臓が、嫌な感じに鳴った。予感、みたいなものだったのかもしれない。

「…そうですが。どちら様でしょうか？」

「私、相馬和臣《かずおみ》の秘書を務めております、佐伯律《りつ》と申します」

相馬和臣に、佐伯律。

どちらも苗字《みょうじ》はよく知ったものだった。

けれど、名前が違う。和臣は――そうだ、確か隆臣のお兄さんの名前……。

そう思いついた途端《とたん》、俺は一瞬《いっしゅん》にして頭の中が真っ白になった。

咽喉《のど》の奥が干上《ひあ》がったみたいにからからになる。

それから思ったことは、ついにきたのか、ということだった。

隆臣の家族から、俺に対してのコンタクト。

……今回は直接ではなかったけれど、いつかは絶対にくるだろうと、同居すると決まったときからずっと覚悟《かくご》していたつもりだった。

隆臣は、家族に反対される謂《いわ》れはないみたいに言っていたけど、実際そんなわけないだろうし。

でも、二ヶ月間ずっと平穏《へいおん》だったから、もうこのまま――ずっとこのままいけるんじゃないかなんて、そんな風に思おうとしていた。

…………そんなわけないのに。

「隆臣さんなら今は留守ですが」

念のためにそう言うと、返ってきたのは思いがけない言葉だった。

「隆臣さんは、現在ご自宅のほうへ帰ってきています」

「え？」

自宅？

一瞬それがどこかわからなかった。けれど、すぐにそれがご両親の住む家のことだと気付く。

同時に、この家ではなく、そちらを『自宅』と言われたことに自分が傷付いていることを、否《いや》でも意識せずにはいられなかった。

けれど、その後の展開からすれば、この程度はかすり傷だったのだと思う。

「そうなんですか……」

「はい。もうそちらに戻《もど》る気はないとおっしゃっています」

「は……？」

今度こそ、俺は自分の耳を疑った。

戻る気はない？　おっしゃっている……と言うのは、隆臣が言っているということだろうか？

けれど、そう訊こうとした口は、緊張《きんちょう》と驚《おどろ》きのせいで強張《こわば》って、上手《うま》く動いてくれなかった。

今何か言わなかったら、きっともっと酷《ひど》いことを言われてしまうと、どこかでわかっていたのに。

佐伯さん——律さんは、容赦《ようしゃ》なかった。

「別れていただきたいと言っているんです」

そう、当然のことのように口にした。

雨が降っているから、傘《かさ》を貸して欲しい。フロントにいる俺にお客様がそうおっしゃったみたいな、極普通《ごくふつう》のことを要求している口調だった。

すぐに自分が頷《うなず》かないことのほうが不思議な気がするくらい。

別れていただきたい。

それはもちろん、俺が隆臣とってことだとわかったけれど、正直すぐには理解できなかった。

大体それって誰が言ってるんだ？　隆臣が？　それともご家族の誰かなのか？

けれど、どんな疑問も口からは出て行かなくて、そんな俺の沈黙《ちんもく》に構わず相手は話を進めようとする。

「もちろん、それなりの金額は用意させていただきますし、そちらを出たあとの物件もお世話させていただきます」

それって……。

「手切れ金……ってことですか？」

「そうです」

あっさりと答えられて、思わずかっと頭に血が上る。

咄嗟《とっさ》に冗談《じょうだん》じゃない、と思う。怒《おこ》ったせいでやっと脳内の回路が繋《つな》がったみたいだった。

「そんなものいりませんっ」

けれど、思わず怒鳴《どな》りつけた俺に、律さんはあくまで冷静だった。

「別れない、とおっしゃるんですか？」

その問いに、俺は『はい』とも『いいえ』とも言えずにまたしても言葉に詰《つ》まる。

手切れ金なんて欲しくない、と言うのは間違いなく言えることだけど、別れるとか別れないとかは――――そう簡単に言えることじゃなかった。

同居を始める前は、こんな関係長くは続かないと思っていたし、隆臣本人やご家族の人に、別れて欲しいと言われたら俺は頷くしかないのだと思っていた。

だけど、いざそういう状況《じょうきょう》になってみると……胸が痛くて。

「もちろん、そう簡単に了承《りょうしょう》していただけるとは思っていませんでしたが……」

そう言って律さんのついたため息さえ、胸に突《つ》き刺《さ》さるようだった。

「考えてみていただけませんか？　隆臣さんはまだ十七歳です。そして、今現在すでにSOMAという企業《きぎょう》の一翼《いちよく》を担《にな》ってらっしゃいます。これからますますその役目は重いものになっていく。そんなときに、あなたという存在が、隆臣様にも、SOMAの企業イメージにも、どれほどの損害を与《あた》えるとお考えですか？」

それは、自分でもずっと考えていたことだったから、人の口から出ると余計に重く感じた。

自分が隆臣に対してマイナスの要因にしかならないなんてこと、俺が一番よくわかっている。

けれど、やっぱりそれでも俺は何も言えなかった。

別れるとも――――別れないとも。

「ともかく、隆臣さんがそちらに戻られない以上、春名さんがそこにいる理由もないでしょう？　早々にそちらを出ていただきたいんです」

ずっと黙《だま》ったままの俺に焦《じ》れたように、律さんの声は調子を強める。

けど、俺としては別れて欲しい、出て行って欲しい、までの流れの速さに追いつけなくてただ、呆然《ぼうぜん》とするだけだ。

「すでにフォンティーヌに近い物件を押さえてあります。家具なども私どものほうで用意させていただきました。もちろん気に入らなければその後どうなさろうと春名さんの自由です」

これは決定事項《じこう》なのだと言うように、律さんの言葉は淀《よど》みない。

ただ、紙に書いてあることを読み上げてるみたいだった。

けれど。

「――――どうしても了承していただけないとおっしゃるなら、こちらとしても強硬《きょうこう》な手段をとらざるを得ません」

そう言ったときに、少し……ほんの少しだけ、律さんの声は苦いものを噛《か》んだようなものに変わった気がした。

言いたくないことを言わなきゃならない、そんな風に。

「強硬な手段……？」

もう、何も考えられなくなっていた俺は、言われたことの意味がわからずにただ繰《く》り返した。

「……先ほども言いましたが、隆臣さんはまだ十七です。裁判などにして経歴に傷が付くことはこちらとしても本意ではないのですが……」

訴《うった》えるってことか……？

がつんって、頭を殴《なぐ》られたみたいな衝撃《しょうげき》があった。

情けないくらいに声が震《ふる》える。

信じられなかった。

責められるとは思っていた。別れるように要求されることだって、予想していた。

大切な息子《むすこ》を誘惑《ゆうわく》したと、罵《ののし》られ、恨《うら》まれるだろうとも……。

けれど、こんな風に言われなきゃならないほど悪いことなのだと、目の前に突きつけられると、ふいに胸が引き絞《しぼ》られて、鼻の奥がつんと痛んだ。

……息が苦しい。

「そんなこと……」

気が付くと、目の縁《ふち》を涙《なみだ》が転がり落ちていた。

自分でもそんなつもりはなかったから驚いたけど、涙は俺の戸惑《とまど》いは無視して次々にこぼれていく。

何で俺は泣いてるんだろう？　どこか覚めて冷静になっている部分でそう思ったけれど、やっぱり涙は止まらなかった。

「春名さん……」

名前を呼ばれて、まだ電話が繋がっていたことを思い出す。

「……もちろん、これは本当に最後の手段ですから」

そう言った律さんの声は、意外にも少し慌《あわ》てたような……そして憐憫《れんびん》を含《ふく》んだものだった。

「あなたが隆臣さんと別れ、そこを出て行くとおっしゃるならできるだけのことはさせていただきますし——」

「そんなの必要ないです」

トーンを落として、慰《なぐさ》めるようなものになった律さんの言葉を俺は強引《ごういん》に遮《さえぎ》る。

「春名さん……」

さっきまで、あんなに事務的だったのに、困ったような声で名前を呼ばれて、俺は自分がますます情けなくなる。

この人が悪いわけじゃないなんてことも、泣いてもどうにもならないってことも、よくわかっているのに……。

だって俺は最初から、決して歓迎《かんげい》される立場じゃないってことも、反対されるのもわかっていた。

男同士だってだけでも十分なのに、その上隆臣はまだ十七歳で、将来の約束された身で……。

だけど、頭で考えていたようには割り切れないものなんだな、とどこか他人事《ひとごと》のように思った。

すぐに頷けると思っていたのに。別れます、って言えると思っていたのに。挙句泣いて、自分に困惑《こんわく》して相手も困惑させて。

「すみません、取り乱して……」

「いえ、そんなことは……」

そう、お互《たが》いに口ごもったときだった。

受話器の向こうで、騒《さわ》ぎが起こったらしく何かが壊《こわ》れるような大きな音が聞こえた。

そして、律さんを呼ぶ声も。

律さんが息を飲んだのがわかった。

「……こちらからお電話しておいて大変恐縮《きょうしゅく》ですが、急用ができました。すみませんがとにかく、なるべく早くそこを出て行っていただくことが、あなたにとっても隆臣さんにとっても最良であるとしか私には言えません……。物件の件などは明日にでもまた。では、失礼します」

そうして、あっけないほど唐突《とうとつ》に通話は途切《とぎ》れる。

俺はしばらくの間その受話器を見つめて、ぼんやりとしていた。

なんだか、信じられなくて。

この電話が鳴ったのも話した内容も、全部夢だったんじゃないかって、そんな風に思った。

――もちろん、そんなわけがないんだけれど。

「出て行かなきゃなんないのかな……」

そう呟《つぶや》いた声は、自分のものなのに酷《ひど》く遠い。

こっちに戻《もど》る気はないと隆臣が言ったのだと律さんは言っていたけれど、それを信じたわけじゃなかった。

隆臣の気持ちがこんな急に変わったとは、思えない。

二、三日帰ってこなかったくらいで——ましてや温泉に行かないと言ったくらいで。

そう考えると、少しだけ笑いがこぼれた。

もしも、そのせいで隆臣が拗《す》ねて一日だけ里帰りしようとしたのが、こんな結果になったのだとしたらバカみたいだと思ったせいだ。

もちろんなにもかも想像に過ぎないし、隆臣の気持ちは変わっていないと思うのだって、俺の願望に過ぎないかもしれないけれど。

隆臣に電話をして確認《かくにん》しよう、とは思えなかった。

どちらにせよ、問題はそこじゃない。

隆臣の気持ちだとか、ましてや俺の気持ちなんてものは、なんの意味もないものだ。

隆臣がいくら経済的に自立しているといっても、十八歳未満であることに違《ちが》いはないんだから。

ご家族の反対があれば、引き離《はな》されるのも仕方がないことなんだ。

——それに、なにより隆臣のためには、別れたほうがいいんだろう。律さんの言ったことはなに一つ間違っていなかった。

なのに……ずっとそう思っていたはずなのに、なんの意味もないはずの『気持ち』が邪魔《じゃま》をしているのもまた確かで。

……やっぱり、同居なんてするんじゃなかった、と俺はため息をついた。

いつかこんな風に一人に戻る日が来るって、思っていたのに。そうしたら辛《つら》くなるだけだと、わかっていたのに。

とはいえ、たった二ヶ月で終わるとは思ってなかった——思いたくなかったけれど。

気が付くと、俺はフローリングの上にへたり込んでいた。

思っていたより時間が経《た》っていたのか、床《ゆか》に当たっていたくるぶしが痛む。

のろのろと立ち上がり、外れたままになっていた受話器を戻した。

物件については明日にでも、なんて言っていたけれど、世話になるのはやっぱり気が進まなかった。もちろん、手切れ金なんて受け取りたくない。

でも、それなら、今日にでも出て行くべきなんだろう。明日、律さんが連絡《れんらく》を取ってくるよりも早く。

当てがあるわけじゃないし、とりあえずはどこかのホテルに泊《と》まるしかない。友達は、言えば泊めてくれるだろうけど、時間帯の不規則な仕事だから、迷惑《めいわく》をかけることは目に見えている。

こんな状況《じょうきょう》で、なんの見通しもなく出て行くなんて、ばかげていると思う。

けれど、正直に言えば、俺はこれ以上律さんと話をしたくなかった。泣いてしまったのが恥《は》ずかしいというのもあるし、やっぱり話をすればするほど自分が傷付くことは明白だから。

情けないと、思うけど逃《に》げ出したかった。

「とりあえず荷造りかな……」

呟いて、ほとんど使っていない自分の部屋へと向かう。

寝室《しんしつ》と、ウォークインクローゼットで繋《つな》がっているこの部屋は、俺の持ってきた私物が置いてあった。

CDとか、本とか、パソコンとか。

がらんとした部屋の中で、俺はまたしばらくぼーっと立ちすくんでしまった。

段ボール箱に詰《つ》めたりしないといけないのだと思うけど、なんの気力も湧《わ》いてこない。

別に何も持つ必要がないような気がした。

けれど、こうしていつまでも突《つ》っ立っているわけにもいかない。俺はクローゼットの奥からトランクを出すと、何も考えずにただ黙々《もくもく》と近くにある服を放《ほう》り込んだ。

必要だとか、必要じゃないだとか、考え出したらまたすぐに手が止まってしまうのはわかっていたから、ただ黙々と隅《すみ》から詰めていく。

そんなに大きくもないトランクは、すぐにいっぱいになった。

多分全体の三分の一も入っていないと思ったけれど、もうどうでもよくなって蓋《ふた》を閉める。

そして、それをクローゼットから引きずり出したときだった。

「陸?」

突然《とつぜん》背後から名前を呼ばれて、俺は目を見開いた。

「そんなところで何をしているんだ?」

そう訊《き》かれたけれど、俺は振《ふ》り返ることができなかった。あまりにもぼんやりとしていて、幻聴《げんちょう》でも聞いたのかもしれないと思った。

いや、違う。幻聴だって思いたくなくて。振り返って、誰《だれ》もいないことを確認したくなかった。

「……陸?」

訝《いぶか》しむような声。そして、足音。全身がアンテナになってしまったみたいに、全《すべ》ての意識がそちらに向けられていた。

肩《かた》に手が、触《ふ》れる。

「どうしたんだ?」

「たか……おみ……?」

顔を覗《のぞ》き込まれて、それでも信じられずにそっと名前を呼んだ。

「……何で?」

もう帰ってこないんじゃなかったのか?

いや、もちろんそれは律さんの方便かも知れないとは思っていた。けれど、少なくとも、俺が出て行くまでは戻らせないつもりだったはずだ。

さっき、電話が切れる前に起こった騒ぎは、隆臣が起こしたものだったのかなとぼんやりと思う。

「――――何だこれは？」

隆臣は俺が手にしていたトランクを見て、表情を強張《こわば》らせた。

俺も自分が持ったままだったトランクを見つめる。

「隆臣は、もう戻ってこないって言われた。別れろって、だから……」

「出て行こうと思ったのか？」

俯《うつむ》いたままこくりと頷《うなず》いた。けれど、頷いた端《はな》から、わからなくなる。自分が本当に出て行こうとしていたのか。

隆臣の顔を見ることができなかった。隆臣は怒《おこ》ったりしないから、きっと、悲しい顔をしている。

いや、これも違う。

悲しい顔をしていると思うのは、俺の希望だ。もし隆臣が出て行ってもいいって思っていたら？　そう思うと、怖《こわ》くて顔が上げられなかった。

「隆臣がいないなら、ここにいても仕方ないだろ……？」

トランクを見つめたままそう言うと、肩に触れたままだった隆臣の手にぎゅっと力が入って、抱《だ》き寄せられる。

トランクの倒《たお》れる音を、どこか遠くで聞いたような気がした。

ただ、力いっぱい抱きしめられているだけなのに、ほっとして目の奥が熱くなる。

「……俺が悪かった」

「何で、隆臣が謝るんだよ？」

びっくりして、顔を上げようとしたけれど隆臣の腕《うで》に阻《はば》まれた。

「不安にさせて、傷付けた」

耳元で聞こえた声は、ほんの少しも俺を責めたりしない。

けれど、本当は。

「……傷付けたのは俺のほうだ」

逃げ出したら隆臣は傷付くってわかっていたのに、これ以上傷付けられたくなくて逃げ出そうとした。その上――――。

「俺って最低だな……」

思わず、苦笑《くしょう》がこぼれた。

さっきまでは物凄《ものすご》く混乱していたから、自分でも気付かなかったけど。

「俺、お前に傷付いて欲しかった」

悲しい顔、してくれたらいいって思ってた。

「え?」

隆臣はさすがに戸惑《とまど》ったような声を上げた。俺は腕の力が緩《ゆる》んだのを感じて、やっと顔を上げて隆臣を見つめる。

「……佐伯律って言う人から電話がかかってきたんだ」

「あ、ああ。和臣の秘書をしている」

こくりと俺は頷いた。

「その人が言ったんだよ。隆臣が自分で『もう戻《もど》らない』って言った、って」

「俺はそんなこと言わない」

「うん、言ってないだろ? 多分嘘《うそ》だって、思った。けど——……嘘じゃなかったらどうしようとも思った」

嘘だって思ったけど、信じたかったけど。

「俺、こんな日がきっとくるってずっと思ってた。いつか隆臣のご両親——今回はお兄さんのほうだったけど、そういう人たちに別れろって言われるってずっとそう思ってた。そうなったら、別れるしかないんだろうなって」

「陸、それは——」

「うん、ごめん。けど俺さ、本当にばかみたいなんだけど、そういうときに隆臣が隣《となり》にいない場合があるなんて、考えたことなかった」

隆臣と引き離《はな》されて、隆臣の意思で離れたんだって言われて、たった一人で決断しろって言われる。そんなこと、十分考えられたのに。

再会したときはずっと遠いところにいる人間だと思った。

恋人《こいびと》になったときも、いつかは別の道を行くことになるのだと思った。

同居が始まってからも、それはあまり変わらなくて……。

いや、変わらないと思っていたけれど、そうじゃなかった。

「いつの間にか、隆臣がいてくれるって……思い込んでた」

だから、隆臣がいなくて、すごく心細くなった。信じてたものがなんだったのかわからなくなって。

俺は隆臣の背中に腕を回して、ぎゅうっと抱きしめる。

「……ああ、ずっとそばにいる」

「うん、だけど――」

「ちょっと待ってくださいっ！」

そんな、切羽詰まった声がしたのはそのときだ。

びっくりしてドアのほうに目をやると、そこには見たことのない男性が息を切らせて立っていた。

けど、この声は……。

「隆臣様っ！　さっさとご自宅に戻ってくださいっ」

「……俺の自宅はここだ。第一、その話は済んだだろう？」

柳眉《りゅうび》を逆立ててそう怒鳴《どな》る相手に、隆臣は淡々《たんたん》と答えた。

ちょっと見ないくらいの美人だった。男に向かって美人って言うのもなんだけど。すらっとした立ち姿で、ほんの少し神経質そうな眉《まゆ》、整った鼻梁《びりょう》に口元だけがどことなく艶《つや》っぽい。

「済んでいません。和臣様はまだ納得《なっとく》してらっしゃいませんよ」

その人はきっぱり言い切ると、隆臣に抱きついたままだった俺のほうを見た。

「春名さんも、先ほど私が言ったことをご理解いただけたんじゃないんですか？」

――やっぱりこの人が律さんなのか。

声がさっき電話で聞いたよりも、幾分柔《いくぶんやわ》らかい。やっぱり泣いちゃったせいかなと思うと、少し恥《は》ずかしかった。

「律、お前陸に何を言ったんだ？」

「待って、隆臣」

俺は、かばってくれようとした隆臣を止め、抱きついたままだった腕を解《ほど》く。

まっすぐにこちらを見ている律さんに一歩近付く。そして、ゆっくりと深く頭を下げた。

「――……ごめんなさい。俺、別れられません。訴《うった》えるとおっしゃるなら、次の誕生日まで待つだけです」

幸い、あと半年もしないうちに、隆臣は十八歳になる。未成年なことには変わりはないけれど、法令違反《いはん》で訴えられることはなくなるはずだ。

「そちらのご家族には本当に申し訳ないと思っています。けど、別れることはできません」

「春名さん……」

顔を上げると、律さんが綺麗《きれい》な形の眉を顰《ひそ》めていた。

けれど、それ以上は何も言わずに沈黙《ちんもく》する。多分、律さんだってわかっているんだろう。隆臣がここに帰ってきてしまった時点で、今回のことは失敗だって。

「和臣に伝えろ」

沈黙を破ったのは隆臣だった。

「これ以上この件に口出しをするなら、俺の持っている株は全《すべ》て叔父《おじ》に売却《ばいきゃく》し、ＳＯＭＡからは一切《いっさい》手を引く」

俺にはそれがどういう意味を持つのかよくわからなかったけど、律さんの顔色はさっと変わった。

「そんな……そんなことしたら」

「一度は消えた後継者《こうけいしゃ》問題に、再び火がつくことは間違《まちが》いないな。そんなことになりたくはないだろう？」

「それだけじゃありません、隆臣様がＳＯＭＡを離れるなんて……」

「律、二度は言わない」

そう言った隆臣の声は、怖いくらい厳しかった。

怒《おこ》っている隆臣というのを見たことがなかったから気付かなかったけど、ひょっとして隆臣ずっと怒ってた……？

「――わかりました。伝えます」

律さんは諦《あきら》めの滲《にじ》む声でそう言うと、俺のほうを見た。

「すみませんでした」

そして、何を言われるんだろうと身構えていた俺が、思わぬ言葉に驚《おどろ》いて固まっている間にさっさと踵《きびす》を返してしまう。

最初電話を取ったときは厳しそうな人だと思ったけど、俺がうっかり泣いちゃったときといい今といい、実は結構いい人？

ぼんやりとその姿を見送っていた俺は、パタンとドアの閉まる音にはっと我に返った。

「あ…と…、今の何？　叔父さんがどうとかって……」

隆臣が律さんを――って言うか、和臣さんを脅《おど》したことはなんとなくわかったけど。

「ああ。父の七つ下の弟なんだが、少し前まで和臣ではなくその叔父を後継者に押す勢力が優勢だったんだ。社内的には和臣が跡継《あとつ》ぎということで大体まとまりつつあるんだが、俺の持つ株が全て叔父の手に渡《わた》れば、持ち株数では叔父が和臣を上回る。そうすればまた勢力図に変化が起きる。和臣も俺のことに関《かか》わっている場合じゃなくなるだろう？」

にっこりと微笑《ほほえ》まれて、正直返答に困った。

いまいち実感湧《わ》かないけど、それって大変なことなんじゃないのか？　それをこんな風にさらっと言われると、ちょっと怖《こわ》い。

けれど、それが嬉《うれ》しくないわけでもないのだ。

そんな風にしてまで、この関係を守っていこうとしていてくれるっていうことが……。

「……それで？」

「え？」

「俺を傷付けたかった理由。途中《とちゅう》だっただろう？」

「ああ……」

それか。

「……なんか、よくわかんなくなった」

一度途切れた言葉は、すぐには戻ってこなくて、俺は苦笑《くしょう》した。

「まぁ、簡単に言えば、俺が出て行くことで隆臣が傷付くってことは、隆臣が俺を好きだってことだろ」

それで、俺の言いたいことがわかったのか、隆臣は少しほっとしたように笑って頷《うなず》く。

「隆臣がいなくなって、信じてたはずのものがあやふやになって……俺隆臣にすごく依存《いぞん》してたんだって、反省した」

「だが、さっきは陸が自分で……」

「うん。自分で言った。けど、それは反省したあとだったから」

信じられないからって、相手が傷付くような方法で確かめようとしていたことに気付いて……。

せめて別れないっていう言葉ぐらい自分で言いたかった。……言えてよかった。

「隆臣のために別れなきゃ、なんて思ってたつもりだったけど、そんなのも本当はとっくに建前になってた。俺、どんなことになってもきっと隆臣が止めてくれるって、都合のいいことばっか考えてた。だから……今回はマジで焦《あせ》った」

本当に情けない。俺のほうが隆臣よりもずっと大人なのに。

「でも、もうわかったから」

俺はまっすぐ隆臣を見て、少しだけ笑った。

「反対されても、隆臣のためでも、別れたくないから別れない」

途端《とたん》、隆臣の腕《うで》が俺をぐいっと引き寄せて抱《だ》きしめる。

「……嬉しい」

ほんの少し、泣いてるみたいに掠《かす》れた声。

俺はもう一度隆臣の腕の中で、少しだけ笑って、隆臣の背中に腕を回した……。

◇

「うわ……すごいな……」

長い渡り廊下の先。一度庭に下りて木戸をくぐったところにその部屋はあった。

いや、部屋って言うか、これはもう家って言ってもいいかも……。

「気に入ったか？」

にこにこと上機嫌《きげん》で微笑む隆臣に、俺は引き攣《つ》った笑みを返した。

さすがに、客室係の女性がお茶を淹《い》れてくれている横で余計なことを言う気にはなれないけれど、内心ではちょっと引いていた。

これって、ホテルでいえば絶対にロイヤルスイートだよな……。

一体いくらぐらいなんだろうと考えて、恐《おそ》ろしくなる。

割り勘《かん》にするって言ったときに、旅館にこだわりたいのは自分だからと固辞されてたんだけど、実際俺の給料じゃ厳しかったかも。いくら年上といっても、年収では遠く足元にも及《およ》ばないしな、とか少し遠い目になってみたりして。

――――そう。

紆余曲折《うよきょくせつ》あったけど、結局俺は隆臣と温泉にきているのである。

あのあと、やっぱり温泉に行きたいと言われて、こんなことならとっとと行っとけばよかった、とまで思った身としては断る気にならなかった。

予想通り隆臣は目立っていたけれど、大浴場のほうには入らなくて済むらしい。

何でも、この離《はな》れには内と露天《ろてん》の二つの温泉が付属しているのだとか。

そういった説明や夕食の打ち合わせだとかが済むと、客室係の女性は笑顔を残して部屋から出て行った。

で。

「どうしていきなり風呂《ふろ》なんだよっ」

俺は半ば強引《ごういん》に露天風呂へと引きずり出されていた。

「陸が俺と一緒《いっしょ》に温泉街を歩きたくないと言ったからだろう」

「そ、それは、そうだけど……」

だって、隆臣と一緒に歩いたりしたら絶対注目されるし、蒸《む》したての温泉饅頭《まんじゆう》とか食いつつ下駄《げた》履《ば》きでぶらぶらってタイプじゃ絶対ない。

「ほら、早くしろ」

さっさと服を脱《ぬ》いでしまった隆臣に、シャツのボタンを外された。

「ちょっ…自分でやるって」

こうなったら仕方ないかと、俺は自分で服を脱ぐと、掛《か》け湯をしてからゆっくりと湯船に浸《つ》かった。

白く濁《にご》ったお湯は、思ったよりも温度が低く、じんわりと体にしみてくる。

「気持ちー……」

思わずそう呟《つぶや》くと、隆臣が嬉しそうに笑った。

やっぱりきてよかったかもと思う。目の前には見事に紅葉した日本庭園とそれを囲む竹林。和《なご》むなって言うほうが無理だろう。

「……ありがとう」

「いや。俺がきたかったんだ、陸と二人で」

そんな風に言われて、くすぐったさに俺は目を逸《そ》らした。

見るともなしに日本庭園を眺《なが》めていると、溜《た》まっていた疲《つか》れがどんどんお湯の中に溶《と》け出していくような気がする。

「静かだな……」

「ああ、ここまでは本館の音は届かない」

その言葉の通り、人の声やざわめきは一切《いっさい》聞こえてこなかった。

さらさらと水の流れる音と、ときどきしおどしの立てる音だけが聞こえる。

「もちろん、こちらの音も向こうへは届かないぞ」

「まぁ、そうだろうな」

と頷いてから、ん？　と俺は首を傾《かし》げた。

……………嫌《いや》な予感がする。いや、予感って言うか、むしろ確信……？

「陸」

名前を呼ばれるのと同時に、隆臣の手が俺の頬《ほお》に触《ふ》れる。

「や、あのちょっと待てよ、ここは――」

「待たない。待っていたらのぼせてしまうからな」

いや、だから、のぼせるような所でことに及ぶほうがおかしいだろ、という俺の思いは、隆臣の唇《くちびる》に阻《はば》まれて言葉にならなかった。

「んっ……んんっ…っ」

するりと潜《もぐ》りこんできた舌に、上顎《うわあご》のあたりをくすぐられて、腰《こし》が跳《は》ねる。

隆臣はキスが上手《うま》いと思う。快感のスイッチを探《さぐ》ろうとするみたいなキス。これで十七歳なんてマジでどうかと思う。

お湯の中で軽くなった体を引き寄せられて、隆臣の足を跨《また》ぐような体勢にされる。

「…あっ……」

両手の親指が左右の乳首《ちくび》に触れて、体が震《ふる》えた。同時に離れた唇を隆臣の唇が追いかけて、もう一度塞《ふさ》ぐ。

「ん、ふ……んぅっ…」

そっと撫《な》でたり、かと思えば押し潰《つぶ》すようにしてみたりする指に翻弄《ほんろう》されて、俺は隆臣の肩《かた》にすがりついた。

隆臣も、隆臣の腹に当たっている自分のものも、すでに硬《かた》くなりつつあるのを自覚して顔が熱くなる。まだキスされて胸を弄《いじ》られただけなのに……。

そして、そう思う間にも指はただ胸だけに触れて、快感を引き出していく。

きゅっと摘《つま》まれたり、乳輪をなぞるようにされたり、尖《とが》りきったものの先端《せんたん》だけを撫でられたり。そのたびに腰が揺《ゆ》れて、隆臣のものに擦《こす》り付けるみたいになってしまう。

すると、不意に片方の手が下へ向かい始め、肋骨《ろっこつ》を辿《たど》り、わき腹を撫でたかと思うと——。

「あ、ん…っ」

後ろに回った指が、ゆっくりと円を描《えが》くようにそこへ触れた。

「…っ……ぁ」

そうやって指を当てられていると、まだ何もしていないうちからそこがひくひくとうごめいてしまっているのがわかる。

けれど、なぜか隆臣の指は中へ入ってこようとはしなかった。

ただ、相変わらず胸に触れる手だけは、休むことなく愛撫《あいぶ》を続けていて、それに感じて腰が動くと隆臣の指が少しだけ中に入りそうになる。

もどかしいような気持ちで、ついつい腰を指に押し付けると指はやんわりと逃《に》げてしまう。

……絶対わざとだ。

俺は顎を引いてキスから逃《のが》れると、隆臣を軽く睨《にら》みつけた。

「……どうした？」

わかってるくせにと言う代わりに、隆臣の鼻の頭に噛《か》み付く。

「可愛《かわい》くて困るな……」

隆臣は言葉の通りなんだか少し困ったような顔をして、ため息をついた。

「あ……んっ、んっ……」

散々焦《じ》らしていた指が、ぐっと中に入り込んでくる。

せめてもの反撃《はんげき》を可愛いと言われたことにむっとしないでもなかったけれど、俺は結果的に望み通りになったから許してやることにした。

最初は一本だけ。それが何度か出し入れされて、二本に増やされる。

中をかき混ぜるみたいにされると、お湯が入ってきそうになって嫌《いや》なんだけど、気持ちいいのも確かだった。

「あぁっ、ん……」

中を解《ほぐ》すだけじゃなくて、快感を覚える部分に触れてくる指を、自然と締《し》め付けてしまう。

恥《は》ずかしいけど、これぱっかりはどうしようもない。

その上、さっきから弄られっぱなしで真っ赤になっている乳首を爪《つめ》で軽く引っかかれたりすると、つま先までぎゅっと力が入って……。

「ん、あぁ……っ」

締め付けて狭《せま》くなったところをかき混ぜられると、気が遠くなりそうなくらいに感じた。

どうしよう、もう保《も》たないかも……と考えてから、はっと気付く。

「た、かおみ……っ、隆臣っ」

「どうした？」

「お、湯の中、や…だっ」

隆臣は虚《きょ》を突《つ》かれたような顔をした。

何を今更《いまさら》って思っているのだろう。けど、俺の言いたいのはそういうことじゃなくて。

「も、いっちゃう…から……っ」

自分の家の風呂《ふろ》でだって、できれば避《さ》けたいと思っているのに、誰《だれ》が入るかわかんないような温泉の中に、なんて絶対いやだ。

「構わないだろう？」

「かまうっ…」

絶対だめだと首を横に振《ふ》ると、隆臣もわかってくれたらしい。

「ん……」

中に入っていた指が抜《ぬ》かれた。それから俺を両腕《りょううで》で持ち上げて湯船から出す。

「少し冷たいかもしれない。大丈夫《だいじょうぶ》か？」

「ん……」

こくりと頷《うなず》くと、そっとすべすべした岩の上に押し倒《たお》された。

まぁ、ここならいいかと思った。いや、思ったんだけど。

実際に横になってからはっと気付く。

「ちょっ、待って」

「今度は何だ？」

「ここ、外だよな？」

俺の問いかけに、隆臣は少しだけ呆《あき》れたという顔になる。

「何を今更……」

「だ、だって……」

今までは風呂の中って気持ちだったけど、今横になったら目の前が青空だったのだ。

一応屋根が張り出してはいるけれど、外は外なわけで……。

「恥ずかしいだろっ？」

「恥ずかしくない。第一、風呂は声が響《ひび》いて恥ずかしいと言っていただろう？　ここは声も響かないし……」

確かに、声が響いて恥ずかしいとは言った。

「でも、そういう問題じゃなくてっ」

「これ以上は譲歩《じょうほ》できない」

あっさりそう言うと、まだお湯の中に入ったままだった俺の膝下《ひざした》をぐいっと持ち上げる。

「隆臣っ……あっ、ん」

そのまま再び指を入れられると、さっきまでギリギリの快感の中にあった俺の体はあっという間に引きずられてしまう。

尖ったままだった乳首を舐《な》められて、びくびくと体が震えた。

「ん…んんっ」

指が増やされたのがわかったけど、違和《いわ》感も圧迫《あっぱく》感も全《すべ》て快感の中にさっと溶《と》けていく。

「あ…っ……あっ」

奥のほうを突くみたいにされて、体が浮《う》くような感じがした。

胸の辺りにある隆臣の肩をぎゅっと掴む。

「も、いくっ……っ」

指が抜かれる感覚に、背中がぞくぞくした。

そして。

「あぁ――……っ」

隆臣のものが入り込んできた瞬間《しゅんかん》、俺はあっけなくいってしまった。

「っ……あっ、あっあっ」

けれど、そのまま隆臣が動き出すと、いったばかりで敏感《びんかん》になっている体はまたすぐに快感を拾い集めてしまう。

「まっ……て、あっ、んっ、んっ」

ぎゅっと締め付けている場所を切り開くみたいに強引《ごういん》にされているのに、痛みは少しもなくてただ怖《こわ》いくらい気持ちがよかった。

「あ、あぁっ…おかしく、な……るっ」

「陸……っ」

ギリギリ抜けそうなくらいのところから一気に入れられると、すごく奥のほうまで隆臣が入ったような気がする。なのに、そのまぐいって足を広げられて、体を引き付けるみたいにされると、まだもっと奥があるって思い知らされて目眩《めまい》がしそうだった。

目を開けるたびに入り込んでくる青空に羞恥《しゅうち》心が煽《あお》られて、ますます体は高みへと押し上げられていく。

「やっ、あっ、あっ、あぁっ」

徐々《じょじょ》に激しくなる律動に合わせてこぼれる声は、確かにいつもみたいにこもった響きはない。

けれど、静かな空間にそれだけが吸い込まれていくのも恥ずかしいのだと知った。

そして、体の奥に隆臣のものが吐《は》き出されたのを感じて、俺自身もまた絶頂を極《きわ》めていたのだった……。


「……温泉って、本来疲《つか》れを取るために行くもんだよな」

翌日、部屋に帰りついた俺は、リビングのソファに沈《しず》み込んで、ぐったりと呟《つぶや》いた。

あのあと、夕食まで寝《ね》ていた俺は、夕食を食べるなりすぐ隆臣に押し倒されて、布団《ふとん》で二回、内風呂で一回、と明け方までずっと眠《ねむ》らせてもらえなかったのだ。

当然睡眠《すいみん》不足だし、体はだるいし、温泉で養生したって感じは微塵《みじん》もない。

それでいて隆臣のほうには、全く疲れた様子はないんだから、若いって恐《おそ》ろしいと思う。

「まぁ、でも、一泊《いっぱく》で温泉に行ってもかえって疲れるだけだとも言いますよ」

そんな隆臣を擁護《ようご》するようなことを言ったのは、ここまで運転手を務めてくれた佐伯さんだ。

別に部屋が取ってあるから自分はそっちで休むと、昨日は旅館に着くなりすぐに別行動だったんだけど……。

なんか機嫌《きげん》よさそうだし、言葉とは裏腹に佐伯さんのほうはリフレッシュできたみたいだなー、とこっそり思う。

とはいえ行きも帰りも運転してくれて、それだけでも疲れそうなもんなんだけど。

「では、私はこれで。明日はいつもの時間にお迎《むか》えに上がります」

「ああ。ご苦労だったな」

お定まりの言葉と共に部屋を出て行く佐伯さんを見送ってから、俺はふと気が付いた。

「そう言えば、隆臣が監禁《かんきん》されてたときって、佐伯さんはどうしてたんだ？　一緒《いっしょ》に閉じ込められてたとか？」

思えば不思議な話だ。

あのいかにもデキル男、な佐伯さんが隆臣の監禁を許したなんて。

金曜日の業務終了《しゅうりょう》後に、実家に寄った際そのまま監禁された、という話は聞いたけど、考えてみれば送り迎えは佐伯さんがしているんだし。

俺の言葉に、俺の隣《となり》に座った隆臣は少し苦い表情になった。

「いや、普通《ふつう》に生活していたはずだ。土日は特に押している仕事もなかったからな」

「え、でもだったら……」

助けにきてくれそうなもんじゃないのか？

「律に頼《たの》まれたんだろう」

声に出さなかった俺の問いが通じたのか、隆臣は俺の腕を引きつつ答えた。

「律さんに？」

俺は特に逆らわず、隆臣の膝《ひざ》の上に頭を乗せて横になる。

「平日だったならさすがに了承しなかったとは思うが、土日だったからな。仕事に影響《えいきょう》もないし、二日間口をつぐんでいると取引をしたらしい」

口をつぐんでいる相手って言うのは――――まぁ、この場合当然俺か。

「そうなんだ……意外」

佐伯さんが向こう側に一枚嚙《か》んでたなんて。ちょっとショックかも。

「律がらみだからな。しかも土日は業務外だ」

業務外とか関係なく、隆臣のこと考えてくれてる人だと思ってたんだけどな。

それにしたって律さんがからんでると何だって言うんだろう。そもそも……。

「律さんて佐伯さんの……えと、弟とか？」

苗字《みょうじ》が一緒なのだから多分そうなんだろうと思いつつ、二人のあまりの似てなさっぷりに少し疑問があるのも事実だ。

「いや、兄だ。義理だけどな」

「義理？　っていうか兄っ？」

思わぬ返事に俺は目を瞠《みは》った。

義理、のほうには納得《なっとく》がいっても、兄のほうには全く納得がいかなかった。

律さんのほうが絶対若く見えるのに。

「と言っても一歳しか違《ちが》わないがな」

「へー……」

としか言いようがない。だって律さんは二十代半ばに見えるし、佐伯さんは三十前後に見えるのに。

「あーでも、佐伯さんってああ見えてお兄さんに頭が上がんないタイプなんだな」

それとも、義理ってあたりに何か確執《かくしつ》があるのかな？

うーん、と首を捻《ひね》った俺はふと、俺を見下ろしている隆臣が複雑な顔をしていることに気付いた。

「なに？　俺なんか変なこと言った？」

「…………いや」

何だよ、その変なもの口に入れちゃった感じの顔は。しかも、作った人間の手前吐き出すわけにもいかないけど、飲み込むこともできなくて困った、みたいな。

「頭が上がらないと言うか……まぁ、そういう言い方もあるかもしれないな」

「無理に納得してくれなくていいっての」

少しだけむっとしつつ下から耳をぎゅーっと引っ張ってみる。と、隆臣は特に逆らわずに、そのまま顔が下がってきてキスされた。

「俺が陸に頭が上がらないのと一緒だ」

「？　なにが？」

と返してからすぐに、最前の会話を思い出す。

「え？　佐伯さん？」

頷《うなず》かれて少し混乱した。……けど。

少し経《た》つと、まぁ、なるほど、と言うかなんと言うか。

以前隆臣が、佐伯さんの想《おも》い人は和臣さんが跡《あと》を継《つ》ぐことを望んでいると言っていたけど、あれって律さんだったのか、と思う。

「しかし、まさか和臣が邪魔《じゃま》をしてくるとは思わなかった。普段《ふだん》は俺の株が下がれば下がるほど喜んでいるからな」

兄弟としてそれはどうだろう……。思わず首を傾《かし》げてしまう。俺も兄弟多いけど、結構仲いいし。

お金のある家っていうのは、また複雑なのかもしんないな。叔父《おじ》さんとももめてるって話だし……。

「まぁ、釘《くぎ》も刺《さ》したし、あんなことは二度とないはずだ。律は、和臣絡《がら》みじゃなければ動かないし、佐伯は律絡みじゃなければ動かないからな。安心していい」

にっこりと微笑《ほほえ》む隆臣に、俺も笑った。

けど――――もし、今度あんなことがあったら、と思う。

俺はちゃんと戦うし、隆臣を迎えに行く。逃《に》げたり泣いたりしない。

そう言おうかどうか、少しだけ迷って。

「…………うん」

結局、俺はただ頷いた。

隆臣はそんな俺に満足気な笑みを浮《う》かべ、二、三度俺の髪《かみ》を撫《な》でる。

俺がその感触《かんしょく》にそっと目を閉じたときだった。

「さて、と」

「え、ちょっ、うわっ」

突然《とつぜん》隆臣に抱《だ》き上げられて、俺は驚《おどろ》いて目を見開く。

「移動が長かったから疲《つか》れただろ？」

「……まぁ、それもあるけどな」

本当に疲れた理由はそんなことじゃないだろうと思いつつも、一応頷いた。ベッドに運んでくれるつもりなのかなと思いつつ。

けれど、俺はまだまだ甘かった。ベッドルームへと向かった隆臣は、そのままそこを突《つ》っ切って……。

「ちょっと待てっ、お前まさか」

「うん？」

そう俺を見下ろしたときには、すでに隆臣の足はサニタリールームへ踏《ふ》み込んでいた。

「この期《ご》に及《およ》んで風呂《ふろ》に入ろうとか、思ってないよな？」

するだけ無駄《むだ》かと思える問いを、それでも一応口にしたのは、せめてもの抵抗《ていこう》と言うか牽制《けんせい》と言うか。

「思っている」

……どっちにしろ、こんなにあっさり肯定《こうてい》するようなやつに、通用するはずもない。

「あんだけ温泉入っといてなに言ってんだよっ！　お前は俺をふやかす気かっ」

「ああ、それはいい」

腕の中でじたばたと暴れる俺に、隆臣は嬉《うれ》しそうに目を細めた。

「ふやけてとろとろになった陸は、最高に可愛《かわい》いからな」

「っ…………ばかっ」

そういう意味じゃないだろっ、と内心歯嚙《はが》みしつつ俺は熱くなった顔を隠《かく》すようにぷいとそっぽを向く。

目の前にはバスルームの扉《とびら》。

隆臣のこの悪癖《あくへき》は、そう簡単には収まりそうもないなと、俺は海よりも深いため息をこぼしたのだった……。

あとがき

はじめまして、こんにちは。天野かづきです。この本を手にとって下さって、ありがとうございます。

この本は、前回の『スイートルームで会いましょう!』のシリーズ続編です。と言っても、シリーズなのはタイトルと、場所がホテルだということくらいなので、前作をご存じない方でも、気軽にお手にとっていただけると思います。

ともかく、そんなわけで(?)今回は珍《めずら》しくタイトルからできた話だったりします。スイートルームの次だし、どこがいいかなとすごく悩《なや》みました。ティールームとか、エグゼクティブフロアとか候補もいろいろ。悩みに悩んだあげく、バスルームに決定ってどうなのかと思わないでもないですけど。わたしらしいのかな、と……。

とにかくお風呂《ふろ》お風呂、とそればかり考えて書きました。実際わたしもお風呂大好きで、中で本を読むのはもちろん、食べたり飲んだりもしますし、お風呂用の枕《まくら》を二つも持っていたりします（笑）。と言っても、うちのお風呂は狭《せま》いので、隆臣や陸がうらやましいですが。

とか、のんきなこと書いてますが、実は今回もわたしは担当の相澤《あいざわ》さんにこれでもかと迷惑《めいわく》をかけまくりました……。本当に本当にすみません。本当に本当にありがとうございます。

そして、前回に引き続き素敵《すてき》なイラストを描《えが》いて下さった、こうじま奈月《なづき》先生。表紙の隆臣のかっこよさと脱《ぬ》ぎっぷりに、思わずドキドキしてしまいました。とても感謝しています。ありがとうございます。

最後になりましたが、ここまで読んでくださった皆様《みなさま》、本当にありがとうございました。いくら感謝しても、感謝したりないくらい、ありがたい気持ちでいっぱいです。少しでも楽しんでいただけたなら幸いです。

それでは、皆様のご健康とご多幸、そして再びお目にかかれることをお祈《いの》りしております。

二〇〇五年　五月

天野かづき

KADOKAWA
RUBY BUNKO

バスルームで会《あ》いましょう！

天野《あまの》かづき

角川ルビー文庫 R97-4　　13857

平成17年7月1日　初版発行
平成18年2月10日　3版発行

発行者——井上伸一郎
発行所——株式会社角川書店
東京都千代田区富士見2-13-3
電話/編集(03)3238-8697
営業(03)3238-8521
〒102-8177 振替00130-9-195208
印刷所——旭印刷　製本所——本間製本
装幀者——鈴木洋介

ISBN4-04-449404-5　C0193　定価はカバーに明記してあります。